KB077248

픽스 유
Fix You

픽스 유
Fix You
내 마음 아는 한 사람

정현주 윤대현 지음

오픈하우스

그는 말했다.

"자연, 문화, 사람이 우리를 구원합니다."

끄덕이며 나는 말했다.

"그래도 결국은 사람이었어요."

차례

라디오에서
우리는 만났다

픽스 유,
내가 너를 고쳐줄게

2017년 4월 16일. 나는 잠실 주경기장에 있었다. 무대 위에는 콜드플레이. 데뷔 19년 만에 그들이 한국에 왔다. 기다렸으니 설레야 마땅했지만 공연장에 가는 마음은 가볍지 않았다. 여기저기 노란빛이었다. 지난 3년간 4월 16일에는 웃을 수 없었다.

공연이 시작되고 〈Yellow〉가 흘렀다. 전 세계 사람들이 사랑해왔고 나 역시도 좋아했던 노래. '하지만 지난 3년간은 이 노래도 편히 들을 수 없었구나.' 생각이 무거워지는데 음악이 멎었다. 보컬 크리스 마틴이 말했다. "이제 10초간 고요할 겁니다. 추모와 위로의 시간입니다." 아! 하는 탄식이 공연장을 메웠다. 스크린에 세월호 리본이 떠올랐다. 노란빛의 리본. 고요한 가운데 훌쩍이는 소리가 커지더니 잠실 주경기장을 가득 채웠다. 그 10초를 평생 잊을 수 없을 것 같다.

라디오 작가로 20년을 일했다. 새 DJ를 만날 때마다 하는 이야기가 있다.

"이제 우리는 매일 두 시간씩 청취자를 만날 거예요. 그들은 우리를 친구처럼 여기면서 자신의 이야기를 보내오겠죠. 사랑과 응원도 보내올 거예요. 그건 아주 굉장한 일이에요. 수많은 친구를 갖게 될 테고 엄청난 영향력을 갖게 될 거예요. 부디 그 힘을 어떤 방향으로 어디에 어떻게 쓸지 고민해주셨으면 좋겠어요."

좋은 일에 쓰기를 바랐다. 특히 마음을 알아주는 일에 쓰고 싶었다. 내 마음을 알아주는 사람이 하나만 있어도 사는 일은 한결 힘이 난다. 그날 콜드플레이가 그랬다. 내가 좋아하는 사람이 내가 굳이 말하지 않은 마음까지 헤아렸다는 것, 적어도 이해하려고 노력하고 있다는 것은 굉장한 일이었다. 그 일을 하고 싶었다. 라디오를 통해서. 우리는. 우리도.

그날 크리스 마틴은 무대 위에 누워
콜드플레이의 대표곡 〈Fix you〉를 불렀다.

아내였던 기네스 펠트로가 아버지를 떠나보내고 슬퍼할 때,
아픔을 위로하기 위해 만든 곡이었다.

"최선을 다했지만 닿지 못했을 때,
힘에 겨워 쓰러져도 잠은 오지 않고 퇴보하는 것만 같을 때,
눈물이 뺨을 타고 흐르고
다른 것으로는 대신할 수 없는 소중한 것을 잃었을 때,
사랑했지만 허탈한 결말을 맺을 때
내가 너를 낫게 해줄게."

노래를 따라 지쳤던 우리 마음, 누워 쉴 곳을 찾았다.
그가 고장 난 우리를 고쳐주었다.

웃음이 먼저라서
좋았다

윤대현. 서울대학교 병원 정신건강의학과 교수.

라디오를 통해 그를 만났다. 20년째 라디오 작가로 일하다가
잠시 쉬며 책을 쓰고 여행하던 중이었다. 전화가 왔다.

"라디오에 복귀하지 않으시겠어요?"

여행에서 돌아오던 날, DJ와 첫 미팅이 잡혔다.

"꼭 해보고 싶은 코너 아이템이 있나요?

"분노 조절 방법을 배우고 싶어요. 툭 하면 화가 나거든."

전문가를 섭외하기로 했다. 정신과 의사 중에 유쾌한 사람이
면 좋겠다고 했더니 후배가 윤대현 교수를 추천했다. 당시 우
리 팀에게는 낯선 이름이라 유튜브에서 검색했더니 TV 강연
프로그램 영상이 나왔다. 고민 상담 중이었는데 시작하자마자

그가 말했다. "이럴 때 소맥이 최곤데 말이죠." 방청객이 웃었다. 치유가 되는 말은 그다음에 이어졌다. 웃음이 먼저라는 게 좋았다. 웃음보다 위로가 되는 것이 또 있을까? 30초쯤 되었을 때 나는 휴대전화를 끄며 말했다. "이분이네요. 섭외합시다."

첫 통화는 간결하고 확실했으며 목소리는 명쾌했다.

"같이 해주실 수 있을까요?"
"좋아요. 콜!"

단 1초의 망설임도 없었다.

"평일 낮인데 시간이 괜찮을까요?"
"맞추면 돼요. 점심 안 먹고 가죠, 뭐."
"그럼 앞으로 잘 부탁드리겠습니다."
"저도 좋아요. 뮤지션이랑 꼭 방송 해보고 싶었어요."

그가 음악을 사랑하는 사람이라는 것은 나중에 알았다. 우리는 화요일마다 라디오 스튜디오에서 만났다. 코너 제목은 〈해열제〉였다. 열이 차오른 마음들을 달래주기를 원했다.

손 잡아주는
한 사람

웃으면 눈이 가늘어지는 사람이었다. 눈가의 주름이 선했다. 스튜디오에서 그를 만나던 날. 오래전 한 사람이 떠올랐다.

한여름에도 속이 시린 날이 있다. 지독하게 외로운데 아무도 마음을 알아주지 않는다. 당시 나는 수수께끼 같은 남자와 연애 중이었다. 그의 행동은 종잡을 수 없었고 말에는 해석이 필요했다. 직설이 오가는 연애만을 해왔던 터라, 자신이 생각하는 바와 원하는 바를 분명히 밝히지 않는 남자 앞에서 중심을 잃었고 결국 가장 하기 싫어하던 일을 하고 말았다. 나의 연애를 타인에게 묻는 일. 이전에는 해본 적 없는 일이었다.

질문은 하나인데 답은 여럿이었다. 사람들은 나의 문제를 자기 입장에서 해석했는데 때로는 발언이 지나쳐 마음을 다쳤다. 무엇보다도 이해받지 못하고 있다는 슬픔이 컸다. 그 슬픔은 자초한 것이었는데 퀴즈를 던졌으니 그들은 문제를 풀었을 뿐이었다. 답을 찾기 바빠 나의 심정을 헤아릴 틈이 없었다. 이해했음에도 불구하고 내 마음 같은 사람 하나 없어 외로웠다. 답은 찾지 못하고 상처만 쌓여가자 나는 더 이상 마음을 말하지 않기로 했다.

속에 열이 차서 숨이 턱턱 막힐 때 그 어른을 만났다. 오랜만이었다. 망가진 내 얼굴이 마음에 걸리셨던지 가만히 들여다보다가 물으셨다. "무슨 일인가요?" 실은 힘들게 연애를 하다가 결국 이별했다고 털어놓았다. 그분이 내 손 위에 당신의 손을 얹고 말씀하셨다. "고생이 많았군요."

언어의 온도 때문이기도 했지만 손의 온기 때문이기도 했다. 눈물이 났다. 한여름에도 녹지 않던 가슴속의 얼음 덩어리가 녹아내리는 느낌. 내 마음이 나에게 말했다. "따뜻한 손이 나의 손을 잡고 있다."

울고 있는 나의 등을 쓸어주며 "고생했어요. 얼마나 힘들었을까. 정말 고생했어요." 다독이는 그분에게 고개를 숙인 채 나는 말했다. "선생님, 저 손 좀 잡아주세요."

울고 있었지만 외롭지 않았다. 따뜻한 손이 나의 손을 잡고 있었으니까. 사람으로 외로웠지만, 한 사람이면 되었다. 손 잡아주는 한 사람이면 충분했다.

아마도 눈매 때문이었던 것 같다. 윤대현 교수를 처음 보던 순간, 그분이 떠올랐던 것은.

부디 그가 다정한 말들로 청취자들의 쓸쓸한 손을 잡아주기를 바랐다.

분노의 반대말은
자유입니다

〈해열제〉첫 시간. 분노를 조절하는 법에 대해 DJ는 물론 청취자들도 궁금한 것이 많았다. 노트를 펴놓고 윤대현 교수 앞에 앉았다. DJ가 청취자를 대신해서 그에게 물었다.

"어떻게 하면 분노를 조절할 수 있죠?"

해결책을 기대했으나 윤대현 교수는 오히려 반문했다.

"분노의 반대말이 뭐라고 생각하세요?"

"평온? 평화? 평정심?"

고개를 저으며 그는 말했다.

"분노의 반대말은 자유입니다."

그 말을 노트의 맨 앞에 적었다. 분노의 반대말은 자유.

"분노라는 건 자유가 억압되기 때문에 나오는 겁니다. 자기 성격대로 살지 못해서 화가 나는 거예요. 하고 싶은 걸 해야 화가 풀려요. 내가 가고 싶은 곳에 가게 해주고, 내가 하고 싶은 일을 하게 해주면 분노가 줄어듭니다. 만나고 싶은 사람을 만나게 해주고, 놀고 싶을 때 놀게 해주세요."

그리고 우리가 1년 반 동안 매주 듣게 될 세 개의 단어에 대해 말했다.

"분노는 뇌가 충전이 되어야 줄어드는데 특히 중요한 것이 사람, 자연, 문화입니다. 좋은 사람을 만나서 맛있는 것을 먹고 즐겁게 대화하는 것, 자연을 즐기는 것, 문화를 향유하는 것. 이 세 가지가 뇌를 충전시켜주는 핵심 요소입니다."

납득이 갔다. 친구들 속에 있어도 마음을 알아주는 사람 하나 없어 목이 마르던 날. 바다로 갔었다. 마음이 뿌리째 뽑히는 것 같던 날에는 나무 그늘이 울창한 숲을 찾았다. 커다란 헤드폰을 끼고 하루 종일 음악을 들었고 어두운 영화관에 틀어박혀 하루 세 편의 영화를 보고 멀미를 앓았으며 묵언 수행을 하듯 침묵하며 책에 빠져들던 날도 있었다. 그러고 나면 숨이 쉬어졌다.

가장 소중하며 동시에 가장 어려운 것은 역시 사람이었다. 잊으려고 바다 앞까지 가도 오히려 더 또렷해지는 사람이 있고, 숲에 부는 바람으로 생각의 먼지를 닦아내도 한순간 내 마음을 어지럽히는 사람도 있었으니까. 그러다 안아주는 사람 하나면 다 괜찮아지기도 했다. 사람의 말 한 마디, 눈빛 하나에 마음은 무너지고 일어났다. 결국 사람이었다.

나는 '분노의 반대말은 자유'라는 문장 아래에 '안아주는 사람'이라고 적었다.

"정신이 건강하다는 것은 무슨 뜻일까요?"

일반적으로 두 가지가 중요해요. 첫 번째. 내가 생각할 때 내가 괜찮고, 남이 볼 때도 내가 괜찮아야 합니다. 두 번째. 사회적 관계에서 별 문제가 없고 남에게 해를 끼치지 않아야 합니다.

하지만 저에게는 저만의 기준이 있는데요, 아침에 눈을 떴을 때 '나는 근사해'라는 생각이 드는가입니다.

객관적으로 근사한 것과 주관적으로 자신이 근사하다고 생각하는 것은 다른 문제입니다. 저는 주관적인 느낌이 더 중요하다고 생각합니다. 남들이 뭐라고 하든 무슨 상관이에요? '나는 근사한 사람이다, 제법 괜찮다' 스스로 응원하며 살아가면 되는 겁니다.

더
놀아야
해요

윤대현 교수는 생각보다 더 유쾌한 사람이었다. 엉뚱하기도 했다. 첫 방송이 끝나고 기념 촬영을 하는데 셔츠 단추를 푼다. 안에 해골이 그려진 면 티셔츠가 감춰져 있었다. 그는 머쓱하게 웃어 보이며 말했다.

"제가 록 음악을 좋아하거든요. 밴드도 합니다. 기타를 쳐요."

음악팬이며 연주자라는 것을 자랑스러워하는 듯했다. 윤교수가 돌아간 뒤 DJ가 말했다.

"살짝 이라부 선생 같지 않아?"

이라부 선생. 오쿠다 히데오의 소설『공중그네』에 등장하는 정신과 의사. 어떤 환자가 내원하든 비타민 주사부터 놓고 본다. 다른 처방 같은 건 없다. 대신 장난스럽게 환자의 생활을 파고 들었다. 예를 들면 서커스단 공중그네 선수가 자꾸 그네에서 떨어지는데 몸에는 이상이 없어 이라부 선생을 찾아왔다. 행여 정신적인 문제가 아닌가 싶었던 거다. 이라부는 매일 주사를 한 대 놓아주었는데 환자에게는 설명하지 않았지만 비타민 주사일 뿐이었다. 이라부는 약으로 치료하거나 길게 상담을 하는 대신 서커스단을 찾아가 본인이 직접 공중그네를 배웠다. 황당하고 우스꽝스러운 장면을 연출해 웃음거리가 되었지만 아랑곳하지 않았고 상황을 즐겼다. 신나게 순간을 즐기는 의사의 모습이 환자에게 울림을 주었다. 긴장이 풀어지고 변화가 생겼다.

엉뚱한 면만 이라부와 닮은 것이 아니었다. 윤대현 교수는 화요일마다 우리를 웃게 만들었다. 뻣뻣하게 굳어 있던 어깨가 풀어졌다. 더불어 이런 말.

"더 놀아야 합니다. 뇌가 지치지 않도록 우리는 좀 더 놀아야 해요."

이라부 선생이 모든 환자에게 비타민 주사를 놓듯, 윤대현 교수는 매 시간 거의 모든 고민 사연에 같은 말을 꺼내놓았다.

"더 놀아야 해요.
우리는 좀 더 놀아야 합니다."

자신을 위해
더 시간을
내야 합니다

반응은 폭발적이었다.

청취자들은 물론이고, DJ와 제작진도 화요일을 기다렸다.

> "심리 상담 코너인 줄 알았는데 팟캐스트 코미디 부문 6위했던데요? 하긴 완전 코미디예요!"
>
> "귀 기울여주는 것만으로도 위로가 되어요. 내 사연이 아니라 남의 사연인데도요."
>
> "세상에 라디오를 필기하며 듣게 되다니!"
>
> "힐링은 대단한 것에서 오는 게 아니었어요. 웃고 마음을 나누는 시간으로 충분하다는 걸 덕분에 알게 됐습니다."

사연이 쏟아져 들어왔다. 덕분에 라디오 하는 보람을 느낀다며 감사를 전하자 윤대현 교수는 말했다.

"정신과 의사를 오래 하다보니까 저를 찾아오는 것만으로도 상태가 좋아지는 분들이 많더라고요. 우리는 보통 '해야 할 일'이나 '누군가'를 위해서 시간을 쓰거든요. 자기 자신을 위해서, 자기가 하고 싶은 일을 위해서 시간을 쓰는 경우는 별로 없어요. 그런데 저에게 온다는 건 자기 자신을 위해 시간을 쓰는 거잖아요. '자, 오늘 내가 너를 위해서 시간을 낼게!' 이런 마음을 갖는 순간 이미 좋아지기 시작합니다. 사실 우리는 우리 자신을 위해서 시간을 더 내야 해요."

더불어 새 친구에 대해서도 말했다.

"많은 분들이 좋아해주셔서 정말 고맙습니다.

가장 큰 이유는 아마 제가 새 친구이기 때문일 거예요. 열심히 들어주는 새 친구. 오래된 친구에게는 오래되어서 오히려 털어놓지 못하는 이야기들이 있거든요. 새 친구에게는 가볍게 이야기할 수 있죠. 부담이 적어요. 오래된 친구도 좋지만, 그런 의미에서 새로운 친구를 만들려고 노력하는 게 필요합니다."

들어줘서
고마워요

에세이였는데 책의 제목이나 작가는 기억나지 않네요. 장면만
기억납니다. 작가는 먼 나라를 여행 중이었고 기차를 타고 있
었어요. 마주 앉은 승객이 말을 건넵니다. 자신의 이야기를 처
음 보는 작가에게 열심히도 들려주었죠. 한참이나 대화를 나
누다가 승객이 말합니다.

"나는 다음 역에서 내려야 해요. 오늘 내가 당신에게 들려준 것
은 세상 누구에게도 하지 않은 비밀 이야기였어요."
"왜 저에게 비밀을 이야기한 거죠?"
"우린 처음 만났고 서로 모르는 사람이며 다시 만나지 않을 거
니까요. 하지만 난 우리가 오늘 친구가 되었다고 생각해요."

단 한 번 만났지만 그 순간만큼은 친구였다고 기억되는 사람이

있죠. 저에게도 비슷한 순간이 있었어요.

역시 기차를 타고 가던 중이었는데 옆에 앉은 남자가 말을 건네더군요. 첫사랑을 닮았다는 말은 진부했지만 꾸며낸 말은 아니었는지 진지하게 이야기했어요. 사랑하던 날과 사랑을 잃었던 마음에 대하여.

저는 그저 듣고 있었습니다. 오래도록 지워지지 않은 아픔인 것 같았고 누군가는 들어줘야 하는 비밀스러운 마음 같았거든요. 내리면서 그가 물었습니다.

"서울엔 언제 돌아가요?"
"오늘 저녁이요."
"저도 저녁 기차예요. 몇 시 기차 탈 건가요? 다시 만날 수 있으면 좋겠네요."

기차 시간을 알려주며 꼭 다시 만나고 싶다고 말했지만 저는 그 열차를 타지 않았습니다. 한 번으로 좋은 일이 있는 법이니까요. 그래도 가끔 그가 남긴 마지막 말을 기억합니다.

"들어줘서 고마워요."

비슷한 이유로 많은 분들이 라디오에 사연을 보내오시고 우리는 또 응답했던 것 같습니다.

한 사람은 내 마음을 들어주기를 바라서.
한 사람은 그 마음을 알아줬으면 싶어서.

소진 증후군,
자연과 문화 그리고 마음을 알아줄
한 사람이 필요합니다

뇌가
방전된
겁니다

"좀 놀아야 합니다. 더 놀아야 해요. 잘 놀아야 합니다. 뇌가 지친 거예요."

아무리 말해도 부족하다고 느끼는 듯 윤대현 교수는 매 시간 같은 얘기를 반복했다.

'뇌가 지친 거예요'는 번아웃(Burn out), 소진 증후군의 다른 표현이었다.

"진단명을 말하는 걸 좋아하지 않아요. '우울증입니다'라고 말하는 순간 환자가 그 단어에 갇혀버리거든요."

번아웃은 이미 세상에 흔한 말이 되어 있었지만 '뇌가 지쳤다'

'방전됐다'는 말은 무게감이 달랐다.

지쳤으니 쉬게 해주면 된다. 방전되었으니 충전하면 된다. 한결 가볍게 느껴졌다.

방전되어버린 사람들의 사연은 매주 날아들었다. 단 한 번도 빠지지 않았다.

"요즘 부쩍 화가 늘었습니다. 별것 아닌 일에 버럭
하고 화를 낸 뒤에는 자괴감이 들어서 힘이 듭니다."

뇌가 지친 겁니다. 화를 내고 자괴감이 드는 건 착한 분이기 때
문이고요.

"남편이 가족들에게 막말을 합니다."

뇌가 지쳐서 그래요. 쉬게 해주세요.

"사람들이 내는 소리, 예를 들면 트림하고 쩝쩝거리
고 신발 끄는 소리가 몹시 거슬려요. 층간소음도 점
점 크게 들리고요."

뇌가 지친 겁니다. 지쳐서 자극에 예민해진 거예요. 잘 못 놀아
서 그래요. 잘 놀고 나면 민감도가 떨어질 겁니다.

"아이 둘을 돌보며 힘들어하던 아내가 혼자 방에 들
어가서 소리 지르는 걸 봤습니다."

뇌가 방전된 겁니다. 자녀가 부모에게 에너지를 주기도 하지
만 부모로 하여금 10배 이상의 에너지를 쓰게도 만듭니다. 일

주일에 하루, 한 달에 하루도 좋습니다. 아내가 온전히 자기 자신을 위해서 시간을 쓰게 해주세요. 남편분이 아이를 보고요. 한결 부드러워질 겁니다. 아내분을 위해서 그렇게 하셔야 하고 아이들에게도 그게 좋습니다. 엄마가 느닷없이 소리를 지르면 아이들이 얼마나 놀라겠습니까?

> "분노 조절이 안 됩니다. 상대에게 불같이 화를 내고 사과하려고 전화했다가 또 화를 냅니다. 상대가 미안하다고 하면 뭐가 미안한 건지도 모르면서 사과하는 게 또 화가 납니다."

쉽게 화가 나는 건 뇌가 지쳤다는 신호입니다. 문제는 화를 참으려고 하면 뇌가 더 지친다는 겁니다. 이럴 때는 뇌를 달달하게 만들어줘야 하는데 내가 뭘 하면 기분이 좋아졌는지 생각해보세요. 아마 그 일을 한 지 오래됐을 겁니다. 하면 기분이 좋아지는 자기만의 일, 그걸 해보세요. 반드시 도움이 될 테고요, 미국의 연구 결과를 하나 말씀드릴게요. 부부싸움에 대한 연구입니다. 배우자를 상징하는 인형과 바늘을 주면서 화나는 정도에 따라 찌르라고 했습니다. 당 수치와 비교해봤더니 당이 떨어지면 더 많이 찔렀다고 합니다. 결과를 보고 저도 저 자신을 갖고 실험해봤어요. 갑자기 아내에게 화가 나길래 혹시나 싶어서 밥통을 열고 밥을 한술 떴더니 '왜 아내에게 화가 났더라?' 생각이 안 나는 겁니다. 뇌가 민감해지면 이유 없이 짜증이 나고 화가 나는데 진짜 화가 난 거랑 다른 겁니다. 알고 대처하는 게 좋습니다.

> "9년 정도 일했는데 퇴사 욕구에 시달립니다. 어디론가 떠나고 싶어요."

뇌가 지쳐서 심리적 회피반응이 일어난 겁니다. 어디론가 떠나고 싶어질 때 자신에게 한번 물어보세요. '내가 여행이 가고 싶은가? 어디로 가고 싶지?' 특정 지명이 떠오르면 정말 여행이 하고 싶은 겁니다. 하지만 만약 '멀리 떠나고 싶다' '아무도 없는 곳에 가고 싶다' '지구 바깥으로 가고 싶다' 이런 대답이 나온다면 정말로 여행이 가고 싶은 게 아니라 마음이 "너무 지쳤어!!"라고 말하고 있는 겁니다. 이럴 때 진짜로 떠나면 안 됩니다. 이건 뇌가 지쳤다고 신호를 보내는 거지, 회사를 그만둔다고 해결될 일이 아닙니다. 취미생활을 만드세요!

병원 차트에
취미란을
만들었습니다

'뇌가 지쳤어요' '잘 놀아야 해요'만큼 윤교수가 자주 하는 말
이 있었는데 '취미를 찾으세요'였다. 라디오를 시작하고 몇 주
되지 않아 윤교수는 말했다.

"병원 차트에 취미 항목을 넣었어요. 라디오를 하다보니까 점
점 더 취미가 중요한 것 같아서요. 정리를 해보니까 저희 병원
에 오시는 분들 중에 취미가 없는 분들이 생각보다 많았습니
다."

그러곤 으쓱하며 덧붙였다.

"하긴 저도 만약 기타를 안 쳤으면……. 하아. 생각도 하기 싫
네요."

44

확실한 취미를 갖고 있다는 게 얼마나 자랑스러웠던지 윤대현 교수는 자신이 속해 있는 밴드와 기타 연주에 대해서도 매 시간 이야기했다. 당시 우리 팀은 라디오 공개방송을 준비하고 있었다. 〈청춘에는 답이 많다〉라는 제목으로 대학에서 진행하는 토크 콘서트였다. 윤대현 교수가 DJ들과 청춘들의 고민을 함께 나누기로 했다. 회의 시간, PD에게 제안을 했다.

"윤교수님을 무대에 세우는 게 어떨까? 기타 연주 하시라고 하자. 어른이 멋있게 나이 드는 모습을 보여주면 학생들에게도 좋은 동기부여가 될 것 같은데."
"좋은데요! 특히 취미를 만들고 계속 해나간다는 게 얼마나 필요한 일인지 보여주면 좋겠어요."
"근사해 보이면 좋겠다."
"근데 무대가 별로면 어쩌죠?"
"편집하면 되지. 생방송도 아닌데."

연주 무대를 제안하자 윤교수는 단번에 승낙했다. 꿈꾸던 일이 일어났다며 즐거워했다.
공개방송 현장에 도착하니 윤교수가 밴드 멤버들과 리허설을 마치고 무대에서 내려오는 참이었다. 긴장하여 상기된 얼굴이었다. 공개방송이 시작되었다. 분위기가 좋았다. 윤교수의 상담은 청춘들에게도 유효했다. 중간중간 유명한 밴드가 나와 음악을 들려줬다. 분위기가 고조되었다. 한 시간이 지난 뒤 윤대현 밴드가 무대에 섰다. 박수가 터져 나왔다. 그들의 연주는 길, 었, 다. 몹시도 길었다. 관객들이 지칠까 걱정했지만 학생들은 무대 위에서 자기 자신의 연주에 흠뻑 빠져 있는 의사가 흥미로운 듯했다. 다행히 큰 사고는 나지 않았다.

"오늘 베이스 치신 분이 저의 기타 스승이신데 선생님이 자꾸 틀리셔서 다 같이 헤맸네요."

머리를 쓱쓱 긁더니 금세 활짝 갠 얼굴로 윤교수는 말했다.

"하지만 개인적으로 절대 잊지 못할 하루였어요. 고맙습니다. 라디오에 더더욱 충성을 다하겠습니다."

우리가 본 것을 학생들도 보았을 것이다. 윤교수는 그날 분명히 서툴렀지만 무대의 주인공이 되어 주어진 시간을 충분히 즐겼다. 그 시간이 좋은 에너지가 되어 라디오로 전해졌다.

잘하는 것은 두 번째 문제다.
즐기는 것이 더 중요했다.

"잘 놀고 싶어요. 하지만 시간이 충분하지 않아요."

일하고 남는 시간에 놀려고 하지 마세요. 일부러라도 시간을 내서 노세요.

"어떻게 시간을 만들죠?"

불필요한 고민을 하느라고 얼마나 많은 시간을 보냅니까? 필요 없는 고민을 치워버리면 시간이 생깁니다. 잘 놀면 뇌가 이완 돼서 창의성이 좋아집니다. 일의 효율이 올라서 시간을 더벌 수 있을 거예요.

"잘 놀고 싶어요. 하지만 돈이 없는 걸요."

요즘 유럽에 가면 애들에게 돈 들여서 장난감을 사주지 않는게 유행이라고 합니다. 인형이나 로봇이 없으면 아이들이 일상의 물건을 가지고 놀기 시작합니다. 물건의 다른 용도를 발견하고 더 창의적이 되는 거예요. 찾아보면 의외로 돈을 적게 들이고도 재미나게 놀 수 있는 방법들이 많이 있습니다. 그걸 찾는 것도 새로운 재미가 되겠죠. 돈이 있어도 내 마음을 기쁘게 하는 법을 모른다면 무슨 소용이겠습니까? 내 마음을 즐겁게 하는 일을 찾아서 거기에 집중하세요.

"돈 없이 놀 수 있는 게 뭐가 있죠?"

논다는 개념을 폭넓게 보면 좋겠습니다. 어떤 일을 할 때 긴장했던 뇌가 이완되고 즐거움과 평온을 느낀다면 그게 바로 노는 거예요. 예를 들어서 봉사활동을 한다든가 가족을 위해서 시간을 보냈는데 마음이 평온해지고 기분이 좋아졌다면 그것도 노는 행위에 해당될 겁니다.

"취미를 가지려고 해봤지만 쉽지 않더라고요."

진짜 행복은 'happy하다는 감정'이 아니라 'meaningful하다는 믿음'이라고 합니다. 의미가 있다고 감지해야 우리 뇌는 행복을 느끼고 충전이 됩니다. 절대 쉬운 일이 아니에요. 의미를 느끼려면 보통은 괴로운 단계를 거쳐야 하거든요. 예를 들어서 산 정상에 올라가는 일. 뿌듯하지만 힘들죠. 독서도 마찬가지예요. 절대 쉽지 않아요. 하지만 고통스러운 단계를 넘어서면 건강해지고 성장과 발전에 도움이 되니까 의미가 있거든요. 의미 있는 일을 했다는 생각에 뿌듯해집니다. 진짜 행복은 그때 온다는 겁니다. 넓은 의미에서 보면 힘든 것도 놀이가 될 수 있습니다. 취미를 갖는 건 절대 쉬운 일이 아닙니다만 분명 의미 있는 일입니다.

의미 있는 일을 할 때
행복이 온다
1

'의미 있는 일을 할 때 행복이 온다. 행복은 meaningful하다는
믿음이다.'

윤대현 교수의 말을 노트에 적었다.

한 달에 한 번. 라디오 지망생을 대상으로 수업을 연다. 각각 다
른 학생들이 참여하는 수업임에도 매번 빠지지 않고 나오는 질
문이 있다.

'슬럼프를 어떻게 극복했나요?'

오랫동안 1등 프로그램을 만들기 위해 살았다. 십 몇 년 성과
를 위해 달리다보니 흥행의 법칙은 알게 된 것 같다. 1등, 1등, 1

등. 몇 년째 계속되다보니 질문하게 됐다. 그다음은 뭐지? 질문이 시작되자 슬럼프가 찾아왔다. 매일의 마감. 풀리지 않는 긴장감. 반복되는 청취율 조사. 그런데도 질문이 계속됐다.

답은 엉뚱한 곳에서 왔다. 같이 일하던 배우 하나가 문자 메시지를 보내왔다. '난 노블레스 오블리주를 아는 배우가 될 거예요.'
이상하게도 다음 날 또 생각나고 그다음 날 또 생각났다. 사회적 책무. 나는 다 하고 있을까?

당시 DJ는 가수 이현우 씨였는데 평소 환경문제에 관심이 많았다. 회의 중에 말했다.

"좋은 방송으로 1등 하고 싶어요. 조미료 치지 않고 건강한 재료로 만들었는데 사람들에게 사랑받는 맛집처럼요. 라디오로 좋은 일을 해보고 싶어요."
"좋다. 하고 싶은 거 해봐. DJ로서 나도 할 수 있는 일을 할게. 얼마든지 협조할게."

덕분에 즐거운 일이 많았다.
크리스마스 즈음, 신문에서 산타의 편지 서비스 중단 기사를 봤다. 전 세계 아이들이 산타에게 편지를 쓰면 자원봉사자들이 답장을 해주는데, 자원봉사자 중에 아동 범죄를 저지른 사람이 있었단다. 아이들 안전을 우려해 서비스가 중단됐다는 기사를 보여주며 PD에게 말했다.

"우리가 답장해주면 어때? 얼마나 오겠어. 전부 해야 한 50장?"
"좋아요. 다 같이 10장씩 나눠 쓰면 되겠네요."

오판이었다. 예상보다 10배 이상 많은 편지가 도착했다. 매일 방송이 끝나면 카드를 펼쳐놓고 모두가 모여 답장을 적었다. 보육원에서 단체로 카드를 보내오기도 했다.

'산타 할아버지. 다른 선물은 필요 없어요. 우리 가족이 함께 살게 해주세요.'
'선물 안 받아도 되니까 엄마에게 보고 싶다고 전해주세요.'

내용이 방송을 타자 사람들은 웃다가 울었다. 적어도 그날만큼은 우리가 청취자들의 진짜 산타였다. 그날의 웃음과 눈물은 여전히 내 가슴 안에 있다. 손을 올리면 따뜻해진다.

한국의 엘 시스테마(El Sistema) 운동도 방송에 담았다. 잊을 수
없다.

이번에는 PD의 제안이었다. 시사지의 기사를 내밀며 특집 방
송을 만들고 싶다고 했다.

엘 시스테마 운동은 베네수엘라의 호세 안토니오 아브레우 박
사로부터 비롯됐다. 궁핍한 환경에 놓인 아이들이 마약과 총
기에 찌든 채 커가는 것을 걱정해서 무료 음악학교를 설립했
다. 아이들에게 무기 대신 악기를 안겨줌으로써 사회 시스템
을 정화했다. 성공 사례가 전 세계로 퍼져 나갔고 엘 시스테마
운동은 지구촌 전역으로 확대됐다. 우리나라에서는 구로구청

에서 시행하고 있었다.

"음악 프로그램이니까 음악의 힘을 보여주는 특집을 만들고 싶어요."

PD의 말에 감동을 느꼈다.

아이들이 합주하는 현장에 여러 번 찾아갔다. 이야기를 나누고 녹음해서 다큐멘터리를 만들었는데 가장 큰 감동은 선생님에게서 왔다. 〈죽은 시인의 사회〉의 키팅 같은 선생님은 영화 속에만 존재하는 것이 아니었다.

생방송으로 아이들의 이야기를 전해 듣고 청취자들이 악기를 보내왔다. 아이들을 키우면서 사놓고 쓰지 않는 악기가 많다고 했다. 교복회사에서 연주회 때 아이들이 입을 단체복을 선물했고, 간식을 보내오는 분도 있었다.

우리가 아직 따뜻한 세상에 살고 있다는 것을 믿게 되었다. 슬럼프는 단번에 날아갔다. 정말이지 행복은 '해피한 감정'이 아니라 '의미 있다는 믿음'에 있었다.

"가만있지를 못합니다. 가만히 있으면 너무너무 불안합니다."

비슷한 고민을 토로하는 분들이 많습니다. 일하는 것보다 노는 것이 더 어려운 세상에 우리는 살고 있습니다. '열심'은 모두의 목표가 되고 '불안'은 모두의 감정이 되었습니다. 물론 불안이 나쁜 것만은 아닙니다. 불안은 우리를 성장하게 합니다. 불안해야 미래에 대비를 하니까요. 덕분에 발전도 하죠.

문제는 뇌에서 불안만 작동하는 경우입니다. 불안이 심해지면 강박이 됩니다. 더 심해지면 완벽주의가 돼서 자신을 혹사하게 만듭니다.

생각해봅시다. 우리는 일하기 위해서 노는 걸까요. 놀기 위해서 일하는 걸까요.

학교에서는 '일하기 위해서 놀아라' 가르치지만 전 아닌 것 같습니다. 논다는 게 뭔가요? 자연을 즐기고, 문화를 즐기고, 사람도 즐기는 것이 노는 것입니다. 사실은 이게 진짜 삶의 목표 아닙니까? '잘 놀기 위해서 일하는 것'으로 생각의 방향을 바꿔야 할지도 모릅니다. 게다가 요즘 연구들은 '잘 노는 사람이 성취를 더 잘한다'고 말합니다. 그러니 불안에 지친 우리 뇌에게 이렇게 말해봅시다.

"불안아, 고마워. 네가 있어서 나는 더 성장하고 있어."

불안을 탓하지 마세요. 그러곤 또 이렇게 말해봅시다.

"불안아, 고마워. 하지만! 나는 지금 내가 하고 싶은 걸 할 거야. 나가서 놀 거야."

노는 뇌가 가동되면 일하는 뇌가 쉬게 됩니다. 불안이 줄어들고 편안해집니다.

숙제를 하듯
놀지
말아요

청취자들이 취미를 갖기 시작했다.

> "덕분에, 주말이면 누워서 쉬고만 싶어 하던 제가 가
> 족들과 캠핑을 다니기 시작했어요. 기분 전환도 되
> 고 확실히 활력이 생겼습니다."
> "박사님 덕분에 취미생활을 열심히 했더니 힘이 납
> 니다."

윤대현 교수는 기뻐하면서도 당부를 덧붙였다.

> "청취자 여러분이 열심히 놀고 계시다고 하니까 제 마음이 참
> 좋네요. 그런데 부탁하고 싶은 게 있어요. 노는 것을 제발 일처
> 럼 하지는 않았으면 좋겠습니다.

'잘 노는 사람이 성공한다'는 말이 널리 퍼지면서 사람들이 노는 것도 숙제하듯이 하려고 합니다. '놀아야 한다, 놀아야 성공한다', 이런 기분으로 노는 건 의미가 없습니다. 놀이가 또 하나의 일처럼 되어서 뇌가 충전되지 않거든요.

자연스럽게 마음 가는 대로, 하고 싶은 일을 즐긴다는 기분이면 좋겠습니다."

"분노 조절이 안 됩니다. 시계를 던졌어요."

자연, 문화, 사람. 지친 뇌를 충전시켜주는 세 가지 요소입니다. 꼭 기억하시면 좋겠어요.

먼저 자연. 멀리까지 가서 자연을 봐야 한다고 생각하는 분들이 있을 텐데 뇌가 너무 지쳐 있으면 아무리 근사한 자연 앞에 있어도 아무런 감흥도 느끼지 못합니다. 평소에 자연을 즐기는 것이 더 중요합니다. 집 뒤의 공원을 산책하면서 산책 그 자체에 집중해보세요. 생각 같은 건 하지 말고요. 하늘을 보고 바람을 느끼고 새소리에 귀를 기울이고 발걸음 하나하나에 집중해보세요. 뇌가 충전됩니다. 하루 10분이라도 좋습니다.

멀리 가는 게 힘들 때 예술이 무척 도움이 됩니다.
제가 아는 출판사 편집자 분이 무척 지쳐 보였어요. 사람, 문화, 자연을 즐기라며 응원을 해줬습니다. 몇 달 뒤에 만났는데 얼굴이 확 피었더라고요. 좋은 일 있냐고, 연애하는 거냐고 물었더니 그분이 피식 웃으면서 진짜로 연애를 하는 건 아니고 연애소설에 빠져서 열심히 읽고 있다는 겁니다. 납득이 갔어요. 연애소설을 읽을 때면 우리 몸에서 실제로 연애를 할 때 일어나는 작용들이 똑같이 일어나거든요. 마찬가지 맥락으로 이별을 했을 때는 이별 노래가 치유에 도움이 됩니다. 세상에 흔한 것이 이별 노래 아닙니까. 다른 사람들도 이별하고 있구나, 나만 힘든 게 아니구나 마음으로 느끼면 뇌가 안심을 해요. 치유가 됩니다. 이런 점에서 문화가 고맙고 중요한 겁니다. 멀리 가지 않아도 좋은 친구를 만날 수 있고 위로도 받을 수 있으니까요.

물론 뇌를 충전시키는 데 가장 좋은 것은 사람입니다. 내가 좋아하는 사람이 나를 보면서 웃어주는 것만큼 뇌를 달달하게 충전시켜주는 게 또 없거든요.

환상 속의 사랑과
체온을 가진 사랑
『밑줄 긋는 남자』

작품 속 사랑과 책 속의 사랑이라고 하니까 떠오르는 귀여운 소설이 있습니다. 카롤린 봉그랑의 『밑줄 긋는 남자』.

주인공 콩스탕스는 레옹이라는 작가를 사랑해서 매일 그가 쓴 책을 읽고 그의 사진을 쓰다듬다가 잠이 들었습니다. 그가 살던 거리를 걷고 그가 사랑했던 여인의 정보를 모았죠. 하지만 레옹이 쓴 책은 31권밖에 되지 않았습니다. 사랑을 지속하기 힘들어서 다른 작가를 찾아보려고 도서관에 갔는데 사건이 일어납니다. 대출한 책에 '당신을 위해 더 좋은 것이 있습니다'라고 도스토옙스키의 『노름꾼』을 권하는 글씨가 쓰여 있었던 겁니다. 권하는 책을 펼쳐보면 같은 연필로 또 밑줄이 그어져 있었어요.

P. 56 "나는 멀찌감치 떨어져 구경만 하고 있을지도 모르겠습니다"

몇 페이지 뒤. "나에겐 당신이 필요합니다"

꼭 자신에게 하는 말 같아서 콩스탕스는 설렜습니다. 추천과 밑줄은 계속 이어졌고 콩스탕스는 밑줄 긋는 남자를 사랑하게 되었습니다. 하지만 그 남자는 대체 누구일까요? 그의 정체를 알고 싶어서 책을 반납할 때 편지를 써서 넣었는데 응답이 왔습니다. 클로드라는 남자였어요. 하지만 만나보니 계속 밑줄을 그어왔던 그 남자는 아니었습니다. 콩스탕스의 사연을 들은 클로드는 조력자가 되어 밑줄남을 같이 찾기로 하고, 다음은 상상하시는 바와 같을 겁니다. 밑줄 긋는 남자는 끝내 찾지 못했지만 콩스탕스는 따스한 체온을 가진 현실의 사랑을 찾았습니다. 매일 클로드의 팔을 베고 잠이 들면 따스했고 바깥 세상이 아무리 팍팍해도 안심이 되었죠.

현실에서 좋은 사람을 만나는 건 얼마나 힘든 일인가요. 하지만 책 속에는 얼마든지 있죠. 책장을 펼치면 매력적인 사람, 존경할 만한 사람을 언제든 만날 수 있고 그들은 나를 성장시켜 줍니다. 영화나 음악 안에도 좋은 사람은 넘쳐납니다. 현실의 사람에게 상처를 받았을 땐 그들이 위로를 줘요. 고마운 일이 지만, 그래도 가장 좋은 것은 결국, 현실의 사람.

현실의 사람은 내가 꿈꾸던 모습 그대로는 아닐 수 있겠고, 상 처를 주기도 하겠지만 마음이 얼어붙던 날 그 사람을 안고 있 으면 견딜 만해졌어요. 차가운 손 위에 차가운 손을 얹으면 반 드시 그 사이에 온기가 생겨납니다.

함께하는 모든 시간에 녹아 있는 36.5도의 체온. 차가운 세상 에서 그건 다른 것으로 대체될 수 없는 소중한 것이었습니다.

마주 앉아 함께
밥 먹는 시간의 의미
〈터미널〉

윤대현 교수는 말했습니다. "좋아하는 사람과 맛있는 것을 먹는 일. 가장 큰 힐링은 거기서 온다."
마주 앉은 식탁이 구원이 되기도 합니다.

시노하라 테츠오 감독의 영화 〈터미널〉.
주인공은 가족과 떨어져서 살던 중년 남자입니다. 지방 판사로 일하다가 우연히 그 도시에 살고 있던 첫사랑을 만납니다. 애틋하게 헤어졌던 사람이었어요. 다시 사랑이 시작되었고 남자는 가진 것을 다 버리고 첫사랑과 결혼을 하기로 했습니다만, 사고가 일어납니다. 둘이 같이 떠나려던 날. 기차 플랫폼. 여자가 기차에 뛰어들었습니다. 남자는 시골 마을에 내려가 국선 변호사로 일하며 홀로 늙었습니다. 유일한 취미는 요리.

26년간 혼자 밥 해먹는 시간이 지났을 때 20대 피의자를 만납니다. 시이나. 덕분에 풀려났다며 시이나는 남자를 찾아옵니다.

시이나는 가족을 떠나 혼자 살고 있었는데 남자를 보니 떠나온 가족이 보고 싶었던가봅니다. 둘은 같이 시이나의 가족을 만나러 가지만 다들 세상을 떠나고 없었습니다. 고아가 되었음을 깨닫고 시이나는 그 밤 많이 아팠습니다. 시이나를 병원에 데려갔다가 오는 길, 시이나는 남자의 차에서 잠이 들었고 다음 날 아침, 제가 좋아하는 장면이 펼쳐집니다.

시이나가 잠에서 깼습니다. 부엌에서 요리하는 소리가 들려옵니다. 밥상이 차려지고 두 사람이 마주 앉습니다. 남자가 한 음식을 먹고 시이나는 웃으며 말합니다. "맛있다."

남자는 수줍은 듯 웃습니다. 이후 시이나는 남자에게 맛있는 것을 해달라고 조르면서 가족의 부재를 채워갔고, 오직 자신만을 위해 음식을 만들던 남자는 타인을 위해 요리함으로써 외롭고 고독한 날들에서 구원되었습니다.

밥을 짓는 사람에게도, 먹는 사람에게도 함께하는 식탁은 위로가 되었습니다. 그러니까 당신도 같이. 계속 함께.

회사는 아름다운 곳이
아닙니다

누구에게나
화장실에 숨어
우는 날들이 있다

라디오 오프닝에 적었다.

'누구에게나 화장실에 숨어 우는 날들이 있다.
상사가 성과를 가로챘는데 아무 말 못하고 그저 당할 때,
고생한 것을 알아주기는커녕 작은 실수로 문책할 때,
과로로 쓰러져 응급실 침대에 누워 있는데
업무 전화가 쏟아질 때,
동지인 줄 알았는데 적이라는 걸 알게 됐을 때,
전부를 걸었던 사랑을 잃고도 회식 자리에서 웃어야 할 때
우리는 화장실에 숨어서 운다.'

청취자들이 반응을 보내왔다.

'꼭 내 이야기 같네요. 어떻게 내 마음을 아는 거죠?'
'지금 막 화장실에서 울고 나왔는데 또 울고 싶어졌
어요.'

방송국 화장실에 숨어 울던 날이 나에게도 있었다.
누가 손 잡아주면 좋겠지만, 잡을 수 있는 것은 오직 내 손뿐이
었고, 부어오른 눈을 차가운 물로 씻고 마치 아무 일도 없다는
듯 화장실을 나섰다.
그러나 가슴에는 균열이 생겼고 벌어진 틈으로 서늘한 바람이
불어갔다. 잠들지 않았다.

회사는
아름다운 곳이 아닙니다
원래 그래요

초보시절 헤매고 있는 나를 보며 선배는 충고했었다.
출근할 때 '사람 정현주'는 집에 두고, '일하는 정현주'만 데리
고 나갈 것.

하나인 나를 둘로 나누는 일은 잘 되지 않았다. 다만 연기가 늘
었다. 괜찮은 척, 단단한 척, 강한 척 거짓 표정과 거짓 몸짓에
능숙해졌다. 뜨거운 눈물은 속으로 삼키고 겉으로 웃는 날들
이 길어졌고 성과는 쌓여갔지만 내면은 공허했다. 지쳐갔다.

하루에 가장 많은 시간을 일하는 사람으로 보낸다. 가족과 보
내는 시간보다 같이 일하는 동료들과 보내는 시간이 더 많았
다. 그토록 긴 시간 동안 나를 감추고, 그토록 많은 사람에게 거
리를 두며 살아가도 괜찮은 걸까. 서로에게 조금 더 솔직하면

안 되는 것일까. 조금 더 다정하길 바라는 것은 헛된 욕심일까.

그러나 윤대현 교수는 말했다.
"회사는 원래 아름다운 곳이 아닙니다."
뇌가 지쳤다거나 더 놀아야 한다는 말만큼이나 자주 쓰던 말이
었다.

"회사에서 부당한 일을 당했습니다. 어쩌죠? 상사는 비열하고, 라이벌이 신경 쓰입니다. 업무가 과도하고, 처우가 부당합니다."

네. 맞아요. 회사는 정말 힘든 곳입니다. 원래부터 전혀 아름다운 곳이 아니라니까요.

어느 회사에서 저를 회식 자리에 초대했어요. 저에게 건배사를 하라길래 제가 잔을 들고 내가 무슨 말을 하든 '아니다'라고 외쳐달라고 했습니다. 건배를 제안하고 제가 말했죠. '회사는 아름다운 곳이?' 전원이 큰 소리로 외치더군요. '아니다!!!!!' 반응이 얼마나 격렬하던지 오늘 회식비를 회사 경비로 처리해도 되는 건가, 사장이 화나서 나보고 내라고 하면 어쩌나 긴장이 될 정도였어요.

회사는 원래 힘든 곳이고 전혀 아름답지 않은 곳입니다. 저는 우리가 그걸 우선 받아들여야 한다고 봐요. 원래 아름답지 않다고 생각하면 역설적으로 좋은 점이 보이기도 하거든요. 그 사실을 알면 아름답지 않은 일을 견디는 데 조금 도움이 되지 않을까요?

그러니,
조금 이기적이어도
괜찮았다

2012년 봄. 퇴근길 서강대교 위에서 뇌혈관이 터졌다.

방송국 파업이 길어졌다. 작가는 프리랜서라 남아서 업무를 계속한다. 파업에 나간 동료들을 지지했으나 현장에 남은 사람에게 과부하가 걸리는 것도 사실이었다. 잠도 줄이고 밥 먹는 것도 잊고 일을 하다보면 머리가 무겁고 멍했다. 방송작가에게 두통이야 일상적인 일이다. 개인적으로도 심사가 복잡하던 때였으므로 잊기 위해 일에 더 몰두했다. 과로가 쌓였는데 마음 아픈 전화를 받았다. 운전을 하다가 눈물이 터졌다. 엄청난 두통이 몰려오더니 구역감이 들었다. 코끝에 걸린 죽음을 보았다. 유턴해서 여의도 성모병원에 갔다.

"뇌혈관이 터졌어요. 수술해야 합니다. 머리를 열어야 할 것 같고 몸이 마비된다거나 치매, 뇌손상 같은 후유장애가 있을 수 있습니다. 지주막하출혈이라고 하는데, 주된 원인은 스트레스로 알려져 있어요. 가족에게 연락하세요."

본가에 전화를 한 뒤 라디오 동료에게 연락을 했다.

"뇌출혈이래. 당분간 출근 못할 것 같아. 원고는 서브작가에게 부탁하고 필요하면 사람을 더 구하도록 해. 내 원고료를 그 사람에게 주면 되겠지."

전화기를 내려놓고 나니 어처구니가 없었다. 후유장애 없이 일어날 확률이 적다고 했다. 뇌가 망가지거나 몸에 마비가 올지도 모르는데 라디오 따위가 무엇이란 말인가. 하지만 매일 방송을 기다리는 수만 명이 있다는 것을 알고 있었다.

어쨌거나 나는 일어났다. 사람들은 기적이라고 불렀다. 기적의 시간을 통과한 뒤 인생의 중심이 바뀌었다. 일은 여전히 중요하다. 하지만 나는 더 중요하다.

사람들은 약한 자 앞에서 더 쉽게 본성을 드러낸다. 기세등등하게 살던 시절에는 몰랐던 모습을 많이 봤다. 약해지니 떠나는 사람도 있었고, 당연히 내 편인 줄 알았던 사람이 상상을 초월할 만큼 이기적인 면을 보이기도 했다. 그런 사람을 동료라고 믿으며 지내왔던 것이다.

비난을 하는 대신 나는 이제라도 알았으니 다행이라고 나를 위로했고, 대신 나에게도 이기적인 태도를 허락하기로 했다.

온기는 개인적인 영역에서 나누면 되는데 내 맘대로 잘해주고 좋은 것이 돌아오기를 바랐다. 마음을 거두고 전보다 이기적으로 굴어도 아무 일도 생기지 않았다. 조금 편안해졌을 뿐.

회사는 아름다운 곳이 아니라는 말에 동의한다. 그런데 아름다운 곳이라 내 맘대로 믿고, 필요 이상으로 노력하며 알아주기를 바라서 상처 받았다. 전제를 바꾸니 가벼워졌다. 회사는 아름다운 곳이 아닌데 가끔 아름다운 일이 일어나기도 한다. 그러니, 기쁘다. 여기까지만 생각한다.

조금은
대충 해도
괜찮아요

조직이 나를 알아줄 거라는 기대, 동료가 다정하기를 바라는 마음. 더불어 회사생활을 힘들게 하는 것 중 하나가 완벽주의다.

잘하지도 못하면서 잘하기를 바라서 원고를 고치고 고치고 또 고쳤다. 자려고 누우면 더 좋은 아이템이 생각나서 책상 앞으로 달려가 자료를 조사했다. 노력했지만 더 좋은 것은 언제나 있었다. 절망감에 시달리곤 했는데 『니체의 말』을 읽고 나아졌다.

창작하는 사람들에게 니체는 말했다. 자신이 가진 힘의 4분의 3 정도만 써서 완성시키는 게 가장 적당하다, 온 힘을 다하면 보는 사람도 긴장하게 된다, 고통스러울 거다, 불쾌해진다. 4분의 3 정도만 하면 느긋하게 여유가 느껴진다, 보는 쪽도 마음이 넉넉해져서 많은 사람들이 받아들이는 작품이 된다.

요약하면 '힘을 빼라' '빈 구석이 있어야 더 좋다' '그러니 살살 해라' 이 정도가 되지 않을까.

돌아보면 이미 경험한 적 있었다.
라디오 작가로 20년을 살았다. 매일 마감에 쫓겼지만 뭘 어떻게 해도 원고가 안 써지는 날이 있다. 놀라운 것은 방송시간이 코앞에 다가오면 원고가 쏟아져 나온다는 거다. 방송작가들끼리는 '하루가 있으면 하루 종일 대본을 쓰고 5분이 있으면 5분만에 쓴다'고 농담을 할 정도인데 심지어 급하게 쓴 원고에 반응이 더 뜨거울 때가 많다. 시간 여유가 없다보니 홀홀 써내려가는데 담겨 있는 생각이나 문장이 심플해서 전달이 더 잘 되는 것 같다.

'다른 사람도 아니고 위대한 철학자 니체가 한 말이니까'라며 느슨함을 용서하게 되었다. 코코 샤넬도 외출하기 전에 거울 앞에 서서 가장 먼저 눈에 띄는 장식을 떼어냈다는데, 꽉 찬 것보다는 조금 허전해도 여유로운 쪽이 더 아름다워서였단다.

"직장 다니는 게 너무 괴롭습니다. 계속 이렇게 살아야 한다고 생각하면 한숨만 나옵니다."

연구 결과에 따르면 사람이 가장 견디지 못하는 상태는 분노, 슬픔, 좌절이 아니라고 합니다. 뜻밖에도 권태입니다. 한 대학 연구기관에서 사람들을 호텔방에 넣어놓고 '아무것도 하지 말 것'을 요구했습니다. 방 안에는 빨간 단추가 있었는데 경고문이 붙어 있었습니다. 〈절대 누르지 말 것. 전기 쇼크의 위험이 있음〉.

하지만 아무것도 못하는 채로 방에 갇혀만 있는 시간이 길어지자 사람들은 놀랍게도 문제의 빨간 단추를 누르기 시작했습니다. 스스로 고통을 선택할 정도로 권태는 괴로운 것입니다. 실제로 권태가 심장마비 확률을 3배나 높인다고 합니다. 그 정도로 사람을 힘들게 하는 것이 권태인데, 회사는 '경제적 문제를 해결해주는 것' 외에 아주 훌륭한 기능을 갖고 있습니다. 회사는 계속해서 우리를 괴롭히고 정신없게 만들면서 분노, 슬픔, 좌절보다 더 괴롭고 무서운 '권태'로부터 해방시켜줍니다.

물론 이 점을 인정한다고 해도 괴로운 기분은 떨쳐지지 않을 테지만 이런 생각은 어떤가요?

'이게 다 돈이다. 이 괴로움까지도 내 월급에 포함되어 있다.'

"상사가 야단만 치고, 공은 자기가 갖고 갑니다."

상사가 머지않아 다른 곳으로 가시게 될 겁니다. 더 높은 분이 이 상황을 알고 있을 확률이 상당히 높아요. 회사와 사회가 복수해줄 겁니다.

"10년 이상 차이 나는 후배에게 무시당하는 기분이 종종 듭니다. 명백히 잘못을 해서 야단을 쳤는데도 마음이 불편하고 후배가 미워지네요."

본인은 선배를 잘 모시는 타입일 것 같습니다만 모든 후배가 내 마음 같은 건 아닙니다. 마음과 기대를 비우고 업무로만 소통하면 어떨까요? 미워하는 것은 내 업무가 아닙니다. 미워하는 건 에너지 소모가 크니까 소중한 사람에게만 화를 내시고 그 에너지는 모아서 잘 살고 잘 노는 데 쓰면 좋겠습니다.

"상사가 뭐든 같이 하기를 바랍니다."

넓은 의미에서 그것도 회사생활의 일부겠지만 일정한 거리를 확보해야 합니다. 저만의 노하우를 알려드린다면 전문용어로 '구조화'라고 합니다. 규칙을 만들면 사람이 안정이 돼서 집착을 덜 하게 됩니다. 일주일에 한두 번 일정한 시간을 정해놓고 잘해드리세요. 상사분은 원하는 사랑을 받고 나는 편하게 생활할 수 있습니다. 일정한 패턴을 만드세요.

> "했던 말을 또 하고 또 하시는 사장님. 회의 시간이
> 힘들어요. 핵심만, 결론만 말씀하시게 할 수는 없을
> 까요?"

그런 방법? 없습니다!

비슷한 질문으로 이런 게 있겠죠. '사장님은 왜 꼭 회식에 오시는 걸까요?' 직무 스트레스 중에 의외로 회식 스트레스가 높은 순위에 들어요. 회의야 원래 괴로운 거지만, 회식은 즐겁자고 하는 건데 사장님이 오시면 스트레스가 되죠. 그런데 왜 오시는 걸까요.

사장이 될 때까지 고생 많으셨을 거예요. 고생한 사람은 보상을 받고 싶어 하는데 그럴 수 있는 자리가 회식이랑 회의잖아요. 자기 힘을 느낄 수 있고, 사랑도 받을 수 있고, 재미없는 농담을 해도 웃어주니까 사장님은 회식 자리가 좋을 수밖에 없어요. 사랑받고 싶은 거죠.

굳이 방법을 찾는다면, 사장님이 사랑을 받을 수 있는 다른 기

회를 만들어주셔야겠죠. 멀리하면 더 들어와요. 회의할 때 '저희끼리 알아서 뭐든 해보겠습니다.' 이러면 사장님은 더더욱 회의에 참석하실 겁니다. 반대로 해보세요. '사장님 꼭 들어오셔야 합니다. 이번에는 정말 꼭 들어오셔야 합니다.' 이러면 '에잇, 니들끼리 알아서 해라!' 이러실 수 있습니다. 왜냐고요? 사장도 똑같이 사람이잖아요. 일 시키면 도망갈 걸요?!

대출은
나의 힘

몸이 아프고 약해지니 또렷이 보였다. 조직은 냉정했다. 동료인 줄 알았고 내 편인 줄 알았던 사람들은 내 편이 아니었다. 마음을 거두어들였지만, 마음 없이 일하는 것이 불편하고 아팠다. 친절과 다정이 습관이 된 탓이었다.

힘들었지만 돈이 필요해서 계속 일했다. 그러다 『그래도, 사랑』이라는 책이 베스트셀러가 되면서 여유가 좀 생겼다. 차곡차곡 돈을 모았다. 좋은 기획을 만나 라디오를 그만두고 파리로 책을 쓰러 떠났다. 떠나보니 라디오가 다시 보였고, 하고 싶은 것들이 떠올랐다. 결국 돌아왔다.

새로 꾸려진 팀은 호흡이 좋았다. 다시 이런 사람들과 일할 수 있을까 싶을 만큼이었다. 오래 꾸었던 꿈이 현실이 되었다. 신나서 일했다. 지칠 때도 있었지만 또 다른 재밌는 일을 만들면서 우리 팀은 앞으로 나아갔다. 문제는 컨디션이었다. 일에 일을 더하니 몸이 힘들어졌다. 몸이 아파지면 마음이 깨지는 것은 시간문제라는 것을 경험으로 알고 있다. 다시 아프고 싶지 않았다. 다시 사람들에게 상처 받고 싶지도 않았다. 나는, 도망치기로 했다.

"교수님, 저 일을 좀 쉴까봐요. 너무 고단하네요."

상상도 못했던 질문이 돌아왔다.

"정작가, 대출금 있어요?"
"아뇨. 없어요."
"그럼 대출을 받아요. 힘이 날 거예요."

웃음이 났다. 어처구니없지만 설득력 있는 말이었다.

"동료들이 삶이 우울하다고 하면 제가 꼭 하는 말이에요. 대출금 없이 어떻게 기분이 우울하지 않을 수가 있어요? 당장 갚아야 할 게 있으면 오늘에 집중해서 살게 돼요. 날 봐요. 대출이 많아서 병원에 출근도 하고 방송도 꼬박꼬박 나오는 거예요. 대출이 없다면 아무것도 안 하고 가만히 있을 걸요? 그럼 우울해지겠지. 대출은 나의 힘이에요!"

끄덕여졌다. 돌아보면 내게도 비슷한 날은 있었다.

힘겨움에 대하여 그는 말했다.

"살다보면 저마다 자기만의 힘겨움이라는 게 생기는데
저는 그게 마냥 나쁜 것만은 아닌 것 같아요.
때로는 일어나서 나가야 하는 이유가 되고,
딴 생각 안 하고 현재에 집중할 수 있는 힘이 되기도 하거든요.
힘겨움이 힘이 되고 활력소가 될 때도 있다는 거죠."

"회사에서 밉상으로 찍혔어요. 다른 부서 일까지 해 줬는데 고마운 줄 모르고 이기적으로 굴길래 제가 울며불며 화를 냈습니다. 평소의 저랑은 다른 모습 이었죠. 업무 문제는 잘 해결됐는데 그 이후로 회사 에서 얼굴을 못 들고 다니겠어요. 그날 제가 도대체 무슨 생각으로 버럭 했던 걸까. 정말 민망하네요."

당신이 자랑스럽습니다! 화를 내도 된다는 걸 알게 됐군요. 군소리 없이 일하는 사람은 싫은 소리를 하는 사람보다 일을 더 많이 하게 됩니다. 일 안 하는 사람들도 아마 속으로는 미안 할 겁니다. 하지만 미안해하기 싫으니까 '쟤는 일하는 걸 좋아 하나보다' 생각해버립니다. 세상에 일 좋아하는 사람이 어디 있나요? 그들도 그건 알아요. 알면서도 자기 마음 보호하려고 그렇게 생각해버리는 겁니다.

화낸 거 잘하셨어요. 3년에 한 번쯤은 괜찮아요. 너무 민망해 하지 마세요. 워낙 열심히 일하던 사람이니까 '쌓이고 지쳐서 그런 거다' 이해할 겁니다.

다만, 제가 바라는 게 있다면 한꺼번에 확 쏟아내지 마시고 그 때그때 가볍게 풀면서 사시면 좋겠다는 겁니다. 미안함을 갖 고 사는 게 나을까요, 분노를 품고 사는 게 나을까요. 제 생각에는 차라리 좀 미안해하면서 사는 것도 괜찮은 거 같습니다. 분노는 우리 내면을 망치잖아요. 미안한 것도 계속 연습하면 세상 사는 게 편해집니다. 제법 쏠쏠해요.

제가 수련의였을 때 정말 열심히 일을 했습니다. 힘들지만 잘 참았는데요, 병원에 큰 행사가 있던 날 제가 술을 마시고 실수를 했습니다. 선배에게 "우리가 얼마나 분노에 차 있는 지 아십니까?"라고 말했답니다. 저는 전혀 기억이 나지 않는데 다음 날 일어나보니 4년간 꾹 참고 열심히 한 것이 허사가 되었습니다. 마음에 화가 가득 쌓인 채로 저를 찾아오는 직장인들이 많은데, 저처럼 되시면 안 됩니다. 미리 용기를 내서 힘든 건 힘들다고 말하고, 부당한 건 못하겠다고 말하시면 좋겠습니다.

아니라고 말해도
생각보다
괜찮았다

힘들다고 말하고 부당하다고 말하는 일, 쉽지 않았다. 그러나 일단 한번 해보면 생각보다 쉬운 일이라는 걸 알게 된다.

생애 처음으로 찾아가 만난 정신과 의사는 내게 한계치에 도달한 상황이라고 했다.

"화가 쌓여서 뒤집어지기 직전입니다. 문제는 본인이 균형을 잃는 것을 지나치게 두려워한다는 것입니다. 이성을 잃고 화내는 자기 모습을 보고 싶지 않아서 끝까지 꾹 참는 거지만 언젠가는 터지는데 그때 가서는 걷잡을 수 없어집니다. 풍선을 터지지 않게 하려면 어떻게 해야 할까요? 중간중간 바람을 빼주면 됩니다. 불만이 있을 때 가볍게 이야기하는 방법을 익히세요."

당시 나는 심야 라디오 작가로 오래 일했다. 5년 이상 12월 31일 제야 특집은 내 담당이었다. 제야의 종소리가 들리면 다음 팀에게 방송을 넘기고 회식을 하러 갔다. 밤새 술을 마시고 1월 1일 늦은 오후에 부스스 일어나는 게 싫었다. 어릴 때부터 의식을 중시하는 집에서 자랐다. 정갈하게 새해를 시작하고 싶었다. 아침이면 떡국도 먹고 싶었다. PD가 말했다.

"자! 갑시다. 술집 예약해뒀어요!"

의사의 조언에 따라 꾹 참고 있던 그 말을 꺼냈다.
"전…… 안 갈래요."

PD는 의아한 표정으로 내 얼굴을 들여다보더니 이유를 물었다.

"새해 첫날 술 마시기 싫어요."

생각보다 반응이 쿨했다.

"어? 그래? 알았어요. 들어가서 잘 쉬어요. 나머지 사람들은 술 마시러 갑시다."

다들 술집으로 갈 때 나는 주차장으로 갔다. 이렇게 간단한 일이었다니, 신기하기도 했다. 아니라고 말해도 아무 일도 일어나지 않았다. 방송국 현관을 여는데 새해 첫날의 바람이 시원했다.

시간이 지나며 나는 더 가볍게 '아니'라고 말할 수 있는 사람이 됐다. 별다른 문제는 생기지 않았다. 정말이지 아니라고 말해도 괜찮았다.

사회생활에 대하여 그는 말했다.

"사회생활 하는 데 도움이 되도록
마인드 컨트롤하는 방법을 알려달라고 하는 분들이 있어요.
제가 하고 싶은 말은, 마인드 컨트롤 같은 거 하지 마세요!!
인생은 끝없는 고민의 연속이에요. 그게 인생의 진실 같아요.
계속 힘이 들죠.

힘들어하는 걸 들키기 싫어서 '너무 좋다' '나는 괜찮다'
과장할 때가 있잖아요. 더 헛헛해져요.
억지로 '난 잘될 거야'라고 마인드 컨트롤할 필요가 없어요.
속상할 땐 속상한 마음을 즐기는 게 나아요.
즐기다보면 다른 게 보여요.

살다보면 쓸쓸할 때도 있는 거예요.

인생은 파도와 같아요. 올라가고 내려가고 합니다.
그게 사는 재미예요. 서핑을 할 때 늘 같은 파도면
재미없잖아요. 무엇보다 그런 바다는 없어요.

속상한 일이 자꾸 일어나는데 마인드 컨트롤한다고
억지로 좋은 쪽으로 만들면 더 힘이 듭니다.
오히려 비슷한 고민을 만나서 속상한 마음을 털어놓는 게
훨씬 위로가 되고 도움이 될 거예요.

마음을 묶어놓지 말아요."

"비정규직인데 회사 사람들이 저를 멀리하는 것 같아요."

많이 힘드시겠습니다. 스트레스 요인 가운데 '어떤 직업을 갖느냐'보다 더 큰 것이 '직업이 있느냐. 이 직업을 계속 가지고 갈수 있는가'라고 합니다. 불안정한 상황이 스트레스가 되는 겁니다. 기본적으로 스트레스가 높은 상황에 계시기 때문에 더 스트레스 관리를 하셔야 합니다. 주변에서 배려해주면 좋지만, 기대할 수 없을 때가 많으니까 우리 스스로 해결해야죠. 사실 지치면 아무도 만나고 싶지 않은데 이게 악순환을 불러와요. 혼자 있다보면 자기 가치를 잘 느끼지 못하게 돼서 자존감이 떨어질 수 있거든요. 어렵더라도 나가서 사람, 문화, 자연을 즐기세요. 행동이 기분을 바꿔주기도 합니다. 밖으로 나가세요.

"회사 일을 대충 하는 후배가 미워 죽겠습니다. 하루 종일 놀다가 상사분들 나타나면 일하는 척하고 야단을 치면 저만 나쁜 사람이 될까봐 뭐라고도 못하겠어요."

얼마나 얄미울까요. 속상하시겠지만 정신건강 측면에서 보면 후배가 회사생활을 잘하네요. 희생하고 회사가 몰라준다고 속상해하는 것보다 후배분처럼 대충 하고 월급날 '내가 이걸 다 받아도 되나?' 살짝 미안한 기분이 들 정도로 일하는 게 정신건강에는 확실히 좋습니다. 다만, 회사를 계속 다닐 수 있을지 그걸 모르겠네요. 어쨌거나 희생하고 회사를 원망하는 것보다 회사에서 살짝 미안한 편이 정신건강에 좋다는 건 기억해둘 포인트죠. 저는 월급 받을 때마다 늘 미안해요. 그래서 20년 넘게 잘 다니고 있나봐요.

> "회사에 제가 사는 옷을 따라 사는 사람이 있어요. 스타일이 마음에 드니까 따라 하겠다고 대놓고 말합니다. 사람들이 뒤에서 보면 저인 줄 알아요."

옷 사는 곳을 바꾸고 어디서 샀는지 알려주지 마세요.

> "무례한 후배를 어떻게 상대하면 좋죠?"

화를 내는 건 상대가 나에게 가치가 있을 때 하는 겁니다. 무례한 사람 때문에 나의 우아함을 망쳐서는 안 돼요. 화내지 말고 좀 더 고차원적이고 우아한 방식으로 복수해볼까요? 방법을 찾아봅시다.

"저에게 집착하는 회사 선배 때문에 힘이 들어요."

선배에게 잘해주셨나봅니다. 인간관계 때문에 고민하는 분들에게 꼭 하고 싶은 말이 있습니다. 누군가에게 잘해주려고 할 때는 반드시 '나에게 잘 맞는 사람인가?'를 먼저 확인하세요. 이런 거 체크하고 관계를 맺는 게 절대 치사하고 나쁜 게 아닙니다. 오히려 중요한 겁니다. 안 맞는 사람과 가까워지면 일단 내가 힘들고, 100을 다 주었다가 나중에 50으로 줄이면 상대도 힘들어합니다. 일단 친해지기 전에 체크하는 게 중요하고, 늦었지만 지금이라도 한 발 떨어지도록 노력해봅시다. 양쪽 모두를 위해 그게 나은 선택입니다. 이대로 두면 선배도 관계와 우정을 구걸하는 안쓰러운 사람이 되는 거잖아요.

"바로 위의 선배가 제가 입사하면서 관심이 분산되는 게 싫었나봅니다. 회식에 대한 정보를 차단한다든지 저를 은근히 따돌리네요."

비슷한 고민을 하는 분들을 많이 만났습니다. 질투는 누구나 합니다. 겉으로 내어 보이는가 안 보이는가의 차이가 있을 뿐. 관계 개선을 원하시면 여전히 사랑받고 있다고 선배가 느끼게 상황을 만들어보세요. 잘 지내고 싶은 마음이 없다면 '내가

93

부러운가보다' 하고 상황을 즐기셔야 합니다. 질투하는 사람이 되는 것보다 질투 받는 사람이 되는 게 나아요. 사실 더 슬픈 건, 아무도 나를 질투하지 않는 상황이겠죠.

> "회사생활을 하다보면 인간관계가 힘이 듭니다. 왜 어느 회사를 가나 이상한 사람이 있는 걸까요?

문제적 인물에게도 좋은 기능이 있습니다. 공동의 적이 되어줌으로써 우리에게 동지를 선물합니다. 서로의 고통에 공감하는 '동지'란 얼마나 소중한 것인가요. 우리는 종종 해결책이 없어서 인생이 힘들다고 생각합니다만, 들어주고 공감해주는 사람이 있으면 힘든 게 훨씬 나아집니다. 그게 우리의 뇌가 생긴 모습입니다. 어쩌면 인생이 우리 앞에 자꾸 힘든 사람을 갖다 놓는 것은 우리에게 공감해줄 사람을 옆에 두게 해주려는 뜻인지도 모르겠습니다.

공감능력 없는 사람과
살아가기
〈케빈에 대하여〉

영화 〈케빈에 대하여〉는 사이코패스 아들 케빈을 키우는 어머니 에바의 이야기를 담았습니다. 동생을 향해 화살을 날리고, 살인을 저지르면서도 눈 하나 깜짝하지 않는 아들 때문에 에바는 참혹한 인생을 살게 됩니다. 대체 아이가 왜 그러는 걸까. 무엇이 문제일까. 내가 잘못한 것은 없을까 에바는 질문하고 파헤치지만 영화의 마지막 케빈은 대답합니다. '나도 내가 왜 그랬는지 모르겠어'라고.

말하면서 듣는 사람의 마음 같은 것은 생각하지 않습니다. 때리면서 맞는 사람의 입장은 염두에 두지 않습니다. 자신의 쾌감을 위해서, 복수를 하거나 이익을 얻기 위해서 사이코패스는 움직입니다. 영화는 압도적인 긴장감 속에 공감할 줄 모르는 사람 곁에서 살아가는 것이 얼마나 숨 막히는 일인가를 보여쭙니다.

가족이라면 더 끔찍한 일이겠지만 사회생활을 하다보면 공감 능력이 떨어지는 사람과 일을 하게 될 때가 있습니다. 내 마음을 모르는 것은 물론이고, 자신의 이익을 위해 나를 조종하고 심지어는 헌신하게 합니다. 감정의 쓰레기통으로 만들고 자기 뜻대로 되지 않으면 보복도 하지요. 일단 얽히고 나면 영혼이 피폐해지고 몸은 병이 들고 죽음과 같은 시간을 견뎌야 할 때도 있습니다.

윤대현 교수는 자주 '알아보는 일'에 대해 이야기했습니다. "멀리해야 할 사람을 알아보고 멀리하는 일은 행복하고 건강한 삶을 위해 꼭 필요합니다."

얽히지 말아야 한다는 걸 알지만 다가올 때는 친절한 얼굴이라 구별이 잘 되지 않습니다. 겪어본 사람으로서 같은 일로 힘들어하는 사람에게 제가 하고 싶은 말은 조금 다른 것입니다. 케빈의 어머니에게 하고 싶었던 말인데 '당신의 잘못이 아니에요'라는 것입니다.

나쁜 사람에게 당하고 나서 '내가 미리 알고 피했어야 하는데 내 탓이야. 내가 나를 보호하지 못했어.' '내가 그 사람의 어떤 부분을 건드렸기 때문은 아닐까. 그렇지 않고서는 사람이 사람에게 그럴 리가 없잖아.' 이런 생각으로 힘들어하던 날이 있었습니다만, 저에게는 〈케빈에 대하여〉와 몇 권의 책이 도움이 됐습니다.

우리 탓이 아닙니다. 그가 특별하게 별난 사람인 것입니다.

이해가 아닙니다. 우리가 해야 하는 일은 최선을 다해서 멀어지는 것일 뿐, 호의는 의미 없습니다.

그래도 누군가
한 명은 있어서
『아몬드』

〈케빈에 대하여〉의 케빈과 비슷하지만 아주 다른 소년이 등장하는 소설이 있습니다. 손원평의 『아몬드』.

주인공은 16살 소년 선윤재입니다. 편도체 이상으로 감정을 느끼지 못합니다. 사이코패스와는 좀 다른 겁니다. 자기감정을 모르고, 감정을 느낀다는 것이 뭔지 모르니 공감을 하지 못하는 게 문제입니다. 그나마 어머니의 보호 아래에서 잘 자라왔는데 크리스마스이브에 명동에 갔다가 사고를 당합니다. '나는 불행한데 환하게 웃고 있다'는 이유로 행인이 윤재 어머니를 칼로 찔렀습니다. 어머니는 코마 상태에 빠졌죠. 윤재는 철저하게 혼자가 되었습니다.

학교에도 회사생활과 비슷한 구석이 있습니다. 남과 다르면 배척된다는 것.

타인에게 피해를 주는 것도 아닌데 공감하는 능력을 갖지 못했다는 이유로 사춘기 소년 윤재는 학교에서 혼자였습니다. 다가온 것은 또 다른 외톨이 곤이뿐이었죠. 곤이는 복잡한 가정사 때문에 심하게 반항 중이었습니다. 급우들은 난폭한 곤이를 피했지만 윤재는 감정을 느끼지 못하니까 두렵지 않았습니다. 무덤덤한 윤재를 보고 곤이가 오히려 다가옵니다.

둘은 친구가 되었습니다만, 곤이가 복잡한 사건에 휘말립니다. 윤재는 곤이를 구하려다가 위기를 겪습니다. 죽을 뻔한 고비를 넘기고 나자, 윤재의 편도체 안에 변화가 생겼습니다. 약간의 감정이 생긴 겁니다.

사고 이후 곤이가 윤재에게 편지를 써서 보냅니다. '미안하다. 그리고 고마워, 진심.'이라고 꾹꾹 눌러쓴 글씨로 적혀 있었죠. '진심'. 자신의 세상에는 없을 것 같은 단어에 윤재는 웃음이 났습니다. 아들에게 좋아하고 기뻐하거나 아파하는 감정이 생기고 나자, 윤재의 어머니도 코마 상태에서 깨어납니다. 상징적인 장면이었어요.

공감불능의 시대에 윤재는 낯선 캐릭터가 아닙니다. 오히려 주변에 흔한 인물일 수도 있습니다만, 치유는 관계에서 왔습니다. 곤이가 윤재에게 다가왔듯 먼저 마음을 열고 다가가는 사람이 있어야 공감은 시작됩니다. 우리는 다가가는 쪽이 내가 아닌 상대가 되기를 바라지만, 기다리기만 한다면 영영 오지 않을지도 모르는 일이죠.

소설 『아몬드』는 제게 이 문장을 남겼습니다.
'누군가 한 명은 날 바라보고 있다.'

사랑이 마음을 깨어나게 하고, 또 다른 사랑에 눈뜨게 합니다. 그러니 누군가는 먼저 다가가야 하고, 누군가는 먼저 시작해야 합니다. 사랑도, 공감도.

내 편이 있다는 것을 알면
달라집니다
〈내일을 위한 시간〉

다르덴 형제의 영화 〈내일을 위한 시간〉.
영화는 잠들어 있는 주인공 산드라의 모습에서 시작합니다.
전화벨이 울려도 일어날 줄 모르죠. 한참을 벨이 울린 다음에
야 눈을 뜨고 전화를 받는데, 좋지 않은 소식이었습니다. 산드
라는 약장을 열어 약을 먹고 다시 침대로 갑니다.

산드라는 우울증 때문에 몇 달간 휴직 중이었어요. 복직할 때
가 되었는데 회사에서 해고통보가 왔죠. 산드라를 복직시킬
것인가, 해고한 뒤에 남은 직원들끼리 일을 나눠서 하고 보너
스를 받을 것인가 투표를 통해서 결정했는데 해고 쪽으로 결정
이 났다고 했습니다.
산드라로서는 받아들일 수밖에 없는 상황이었지만 절친한 동

료 줄리엣이 새로운 사실을 알아냈습니다. 작업반장이 투표에 압력을 행사했다는 겁니다. 재투표가 결정됐어요. 주어진 1박 2일 동안 산드라는 동료들을 설득해야 했습니다.

그 과정에서 산드라는 툭 하면 눈물이 터졌고, 그때마다 우울증 약을 꺼냈습니다. 남편인 마누가 산드라의 팔을 잡고 말했습니다. "의사가 먹지 말라고 했잖아. 싸움을 멈춰서는 안 돼. 싸워서 이겨내야 해. 포기하지 말자. 다시 일을 하면 눈물이 그칠 거야."

어설픈 위로보다 같이 싸우자는 마누의 말이 좋았습니다. 용기를 내서 부딪혀보니 마음을 알아주는 사람들이 있었습니다. 하루가 지나자 산드라는 눈물 없이 말을 할 수 있게 되었습니다.

과반의 찬성을 얻어내야 했지만, 투표 결과는 5대 5였습니다. 복직은 통과되지 않을 것 같았지만 절반의 동료가 지지해주어서 산드라는 울지 않고 회사를 떠날 수 있었습니다.

그런데 마지막 순간, 사장에게 연락이 왔습니다.

"산드라. 과반의 표를 얻었더군요. 우리 회사에선 당신을 복직시킬까 합니다. 두 달 뒤면 계약직들이 재계약을 하는 시즌입니다. 그중에 한 명을 내보내면 당신을 복직시킬 수 있어요. 그 사람을 해고하는 게 아니에요. 재계약을 하지 않을 뿐이죠. 두 달 뒤에 만나요, 산드라."

산드라는 복직을 거절합니다. 누군가를 해고시킨 자리에 들어가고 싶지 않다는 게 이유였죠.

영화의 끝 장면. 회사를 나서며 산드라는 남편과 통화를 합니다.

"잘 안 될 것 같아. 새로운 자리를 알아봐야지. 마누, 우리 잘 싸웠지?"

그리고 덧붙여 듣는 사람 모두가 참 고마울 말을 합니다.

"나 행복해."

싸움이란 고단한 것이지만 좋은 점도 있습니다. 내 편이 누군지 확실히 알게 해주니까요.

산드라는 이제 울지 않습니다. 우는 그녀를 안아주던 남편과 동료들이 있으니까요. 그들이 산드라를 고쳐주었습니다. 가장 좋은 위로는 좋은 관계에서 옵니다.

결국 사람이라고, 그가 말했다.

"직장 문제로 찾아오는 분들에게 제가 드리는 말씀이 있어요.
헤르만 헤세의 말인데요,

'직업이란 언제나 불안이요, 재앙이며, 체념이다.'

한편, 이런 말도 했어요.
이건 좀 길어서 제가 휴대전화 메모장에 넣어서
가지고 다니는데요,
'친구와 와인을 마시며 기묘한 인생에 대해 악의 없는 잡담을
나누는 것이 우리가 인생에서 가질 수 있는 최선의 것이다.'

결국 사람입니다."

"쫄지 마, 어깨 펴"
선배는 말했다

봄이었고 우리는 홍대 카페에 있었습니다. 자정이 지나도 일어날 줄 몰랐죠.

선배가 물었습니다.
"작가실에서 보니 얼굴이 어둡던데 나쁜 일이라도 있는 거니?"

대답을 머뭇거렸던 것은 선배의 삶 역시 팍팍하다는 걸 알고 있어서였습니다. 그러나 말하지 않은 마음도 눈치채는 선배였습니다.

"질투에 지지 마. 그 애들이 하는 거 질투야."

눈이 빨개졌습니다. 그때 저는 하지도 않은 일로 사람들의 입에 오르내리고 있었습니다. 헛된 소문을 만드는 사람들에게 대체 나에게 왜 그러는 거냐고 따져 묻고 싶었지만 아직 사회 생활에 서툴렀어요. 그저 막막할 뿐이었는데 선배가 다 안다는 듯 말했습니다.

"네가 메인도 빨리 되고 청취율도 잘 나오고 PD 복도 있으니까 질투하는 거야. 빛이 나니까 공격당하는 거지. 어둠 속에 있는 사람을 공격하지는 않아. 잘하고 있다는 뜻인 거니까 주눅 들지 마."

빛나는 사람은 아니었어요. 저는.
하지만 운이 좋은 것은 사실이었죠.

그제야 속상한 마음을 털어놓았습니다. 선배는 그럴 줄 알았다는 듯 끄덕거리며 말씀하셨어요.

"가까이 지내지 마. 이상한 사람들에겐 거리를 둬. 독이 될 사람을 알아보고 피하는 것도 능력이더라."

그러곤 웅크린 제 어깨를 툭 치며 웃으셨어요.

"쫄지 마. 어깨 펴. 주눅 드는 거 너랑 안 어울려."

알고 싶었지만 알 수 없던 답을 선배가 주었습니다. 길도 알려주었고요. 마음이 놓였어요. 단단하게 굳어 있던 어깨가 펴졌습니다.

늦은 시간 카페 문을 열고 나서니 봄밤이 좋았어요. 손 흔들며 돌아서는 선배의 뒷모습을 보며 생각했습니다.

천사는 있다.
우리가 귀를 기울인다면 우리 편이 된다.

"오늘은 제가 선배 이야기를
들어드리고 싶어요"
후배는 말했다

20년 차 메인 작가쯤 되면 함부로 신세 한탄을 할 수가 없습니다. '선배 노릇'이라는 네 글자가 번번이 목에 걸렸죠.

마음이 부대끼던 중이었지만 10분의 1도 꺼내 말하지 못할 때였는데 후배에게 전화가 왔습니다.

"선배님, 저 지금 연남동이에요. 선배님 작업실 근처인데 잠시 들러도 될까요?"

우리는 제법 긴 시간 커피를 마셨어요. 평소에는 조잘거리며 수다가 즐겁던 녀석인데 그 저녁엔 말이 적었고 종종 질문을 던졌죠. 대부분 저의 일상이나 마음에 관한 것이었어요.

집으로 돌아 간 뒤 녀석은 문자를 보내왔습니다.

"생각해보니까 선배는 늘 사람들 이야기를 들어주는 분이었어요. 이 사람 저 사람 찾아가서 선배에게 고민을 털어놓잖아요. 우리 팀 모두가 그렇게 했어요. 오늘은 그게 마음에 걸리더라고요. 얼마나 고단한 일이었을까 싶었고, 한편으론 걱정이 됐어요. 선배는 만날 듣기만 하고 정작 자기 속상한 이야기는 누구에게 할까 싶어서 오늘은 제가 부족하지만 선배 이야기를 들어드리고 싶었어요. 선배님, 하고 싶을 이야기가 있을 때는 참지 말고 저에게 하세요."

그제야 헤어질 때 후배가 했던 행동이 이해가 됐어요.
지하철역까지 후배를 배웅했는데 역으로 들어가기 직전 녀석은 불쑥 돌아서더니 팔을 벌려 저를 안았습니다. 평소에는 없던 행동이라 좀 놀랐는데 돌아오는 길에 깨달았습니다. 그 무렵 별다른 내색도 하지 않았는데 팔을 벌려 나를 안아주는 사람이 유난히 많았다는 걸요. 지치지 말고 살아내라는 말없는 응원이었을까요.

힘들게 하는 사람이 있는가 하면 안아주는 사람이 있어 또 살아갑니다. 좋았어요. 안아주는 사람으로만 살다가 안길 수 있어서. 고마웠어요.

택시 안에서
천사를 만났다

라디오 작가를 하면서 주말에만 여는 작은 서점을 열었습니다. 주중에는 라디오 작가, 주말에는 서점 주인으로 1년을 살았어요.

30대 여성이 주 고객이라 연애, 사랑, 여행에 관심이 많은 줄 알았는데 뜻밖에도 우리 서점 베스트셀러는 한동안 이나가키 에미코의『퇴사하겠습니다』였습니다.

책을 내밀면서 손님들은 번아웃을 호소합니다. 이유는 다른 듯 비슷해요. 대개는 무례한 사람들 때문입니다. 제가 책의 맨 앞장에 써 있는 문장을 가리키면 손님들은 피식 웃습니다. 이렇게 써 있거든요. '회사는 사랑하지 않는 게 좋습니다.'

『퇴사하겠습니다』는 20년 차 기자의 퇴사 체험기를 담은 책입니다.

아사히 신문 기자였던 에미코는 뜻밖의 계기로 퇴사를 결심합니다. 노래방에 갔는데 아프로 헤어 가발이 있었어요. 장난 삼아 써봤는데 모두가 어울린다고 하는 겁니다. '그렇다면 진짜로 한번 해볼까?' 싶어서 헤어스타일을 바꿨더니 재미난 일이 계속 일어났습니다. 길 가던 사람들이 흥미로워하며 말을 걸어왔어요. 술집에 가면 주인이 기억을 하고는 서비스를 갖다 주고, 카페에 앉아 일하고 있는데 창밖으로 지나가던 사람이 문을 열고 들어와 커피를 같이 마셔주지 않겠냐고 물었습니다. 이전에는 한 번도 없던 재미난 일들이 자꾸자꾸 일어나자 에미코는 생각합니다. '내가 몰랐을 뿐 인생이란 생각보다 재밌는 것인지도 모른다. 더 재밌게 살아보자.'

그러기 위해서는 시간과 자유가 필요해서 퇴사를 결심합니다. 당장 그만둔 것은 아니고요, 10년에 걸쳐 차근차근 준비를 하는데 퇴사 준비가 에미코의 생활을 다양하게 바꿔놓습니다. 돈을 아끼다보니 필요한 것만 사게 돼서 본의 아니게 미니멀리스트가 됐습니다. 시장에 가서 싸고 좋은 식재료를 사다 먹다보니 요리도 즐기게 되었죠.

시간이 흘러 정말 퇴사를 하게 됐을 때 에미코는 뜻밖의 사실을 깨닫게 됩니다. 오래 '회사 인간'으로 살았다는 것. 회사가 없으면 아무것도 아니고, 아무것도 못하는 삶을 살았던 거예요. 개인으로서는 신용 카드 한 장 만드는 것이 쉽지 않았습니다만, 에미코는 회사 인간이 아닌 자기 자신이 되어 기뻤습니다. 삶은 흘러갔고 전혀 나쁘지 않았어요. 책을 덮으면 뒤표지에 이렇게 적혀 있습니다. '생각보다 어떻게든 됩니다.'

2017년 3월. 저 역시 20년간 계속해오던 라디오 작가 일을 그만두었습니다.

라디오 작가. 매일 마감하는 직업.
무리하지 않을 수 없는 업무 여건 속에서 계속 달려왔습니다. 라디오를 사랑했지만 몸이 지치는 것은 어쩔 수가 없었어요. 그 무렵 건강검진 결과 간과 신장에서 이상이 발견되었죠. 가라앉는 몸을 이끌고 이른 새벽 작업실에서 급하게 원고를 쓰는데 저도 모르게 제 입에서 "지겨워, 지겨워"라는 말이 터져 나왔습니다. 깜짝 놀라서 자판에서 손을 뗐어요. '지겹다'라니. 라디오 작가로 20년이나 행복했는데.
그만하기로 했습니다. 최고는 아니지만 최선은 다해왔습니다. 즐거운 마음으로 해야 청취자도 즐거운데 '지겹다'라니. 안 될 말이었어요.

일을 그만두고 제주로 내려갔습니다. 후배가 좀 쉬라며 숙소를 내주고, 좋은 곳도 열심히 소개해주었습니다. 하지만 지친 몸과 마음으로는 아무것도 와닿지 않았는데 열흘쯤 쉬다보니 섬을 돌아볼 힘이 생기더군요. 그제야 바다의 푸른빛이 보이고 초록이 보였습니다. 숨이 깊게 쉬어졌고 길게 뻗어진 숨결을 따라 답답함이 날아갔어요. 돌아갈 수 있을 것 같았습니다.

에미코처럼 꼼꼼히 퇴사 준비를 한 것은 아니었지만 1년간 키워온 서점이 마음에 힘이 되었습니다. 서울로 돌아와 서점 일에 집중했어요. 그동안은 취미생활처럼 해왔지만 집중이 필요했습니다. 예상보다 매출은 빨리 늘었고, 저는 택배로 보낼 책을 포장하다가 지쳐 잠이 들었습니다. 수입이야 라디오 작가를 할 때보다는 형편없이 적었지만 에미코의 말을 주문처럼 외웠습니다. '생각보다 어떻게든 됩니다.' 어떻게든 될 것을 믿었습니다.

당시 제가 할 수 있는 것은 책을 잘 파는 법을 연구하는 것과 절약을 하는 것이었습니다. 생활 속의 작은 돈들을 아끼다보니 천 원의 무게가 크게 느껴지더군요. 정신없이 서점 일에 빠져 있다보니 3주가 훌쩍 지났습니다.

금요일 저녁이었어요. 강남에서 후배 작가의 출간기념 파티가 있었습니다. 택배를 보내고 나니 온몸에서 땀내가 나는데 시간이 빠듯했어요. 급하게 씻고 머리에서 물이 뚝뚝 떨어지는 상태로 일단 길에 나섰는데 온몸에 힘이 없었습니다. 택시를 타고 싶었지만 책을 몇 권 팔아야 연남동에서 강남까지 가는 택시비를 낼 수 있나 생각하니 아득했어요. 하지만 늘 타던 택시인데, 너무 지쳤는데, 지하철에 사람이 무척 많을 텐데, 이러다 병나면 병원비가 더 들 텐데. 변명거리를 보태가며 망설이다보니 좀 울적하기도 했습니다. 그때 건너편 택시가 유턴을 해서 제 앞에 섰어요. 이제 어쩔 수 없잖아, 스스로에게 변명하듯 올라탄 택시에서 고맙게도 그 저녁, 천사를 만났습니다.

라디오에선 클래식과 오래전 음악들이 나왔습니다. 사이드 브레이크 옆에는 책에 꽂혀 있었어요. 기사님이 콧노래로 라디오에서 나오는 노래들을 따라 불렀습니다.

"오래된 노래네요."라며 제가 웃었어요.
"그러게요. 나도 이제 오래됐어요."라며 기사님이 따라 웃었습니다. 대화가 시작됐어요.
"택시한 지 10년 됐는데 택시 안에서는 뉴스를 듣지 않아요. 클래식 채널만 듣죠. 좋아하는 것만 택시 안에 들여놓고 싶거든요."

"그 마음 이해해요. 요즘 뉴스가 사람 복잡하게 만들죠."

"나도 한때는 좋은 회사에서 일했는데 IMF가 터지니까 나가라고 하더라고요. 막막했어요. 뭘 해보려고 해도 평생 갑으로 살다가 을로 살려니까 힘도 들고, 행복하지도 않았어요. 그러다 택시를 하게 됐는데 좋아요. 택시 안은 오로지 나의 공간이에요. 세상일도 다 잊고 음악을 듣죠. 클래식 채널을 10년째 듣다보니 지식도 꽤 쌓였어요. 이 시간에는 오래된 가곡도 나오고 그래요."

"사이드 브레이크 옆에 꽂힌 거, 좋은 책이네요."

"개인택시니까 손님이 없어서 쉴 때는 차 세워놓고 내가 좋아하는 책을 읽어요. 인생에 있어서 2막이 중요하다고들 하잖아요. 옛날 동기 중엔 그대로 승진해서 높은 자리까지 올라간 경우도 있는데 내 나이가 되니까 다 퇴직하고 놀아요. 다음에 할일을 찾지 못했고. 근데 사람이 일을 안 하면 병이 몰려와요."

"맞아요. 저희 아버님도 퇴직하시고 1년 만에 암이 발견됐어요."

"그래요. 사람은 일을 해야 한다니까! 친구들은 퇴직하고 많이들 병들었는데 나는 계속 일을 해서 그런지 즐겁고 건강해요. 사람은 정말 일이 있어야 해요. 그 친구들 만나면 내가 소주에 삼겹살을 사요. 높이 올라가서 퇴직했으니까 부동산도 많고 자산도 있지만 수입은 없거든. 버는 게 없으니까 돈 만 원 쓰는 걸 불편해해요. 나는 막 쓸 수 있지. 다음 날 또 벌면 되니까 아주 신나요."

사람 좋은 웃음이었어요. 목소리도 근사하고 중간중간 책 이야기를 하면서 원서 제목을 말씀하시는데 발음이 상당히 훌륭했습니다. 뭐 하던 분일까 궁금했지만 실례가 될까봐 묻지 못하고 대신 제 이야기를 했어요.

"저도 얼마 전까지 회사 일을 하다가 한 달 반 전에 그만두고 서점을 냈거든요."
"그래서 책 이야기를 술술 했구먼! 대화가 즐거웠어요."
"고정 수입이 있다가 없으니까 좀 불안하기도 했는데, 오늘 말씀 듣고 나니까 힘이 많이 됐어요."
"서점이라니. 재밌겠네! 원래 뭐 하던 사람이었어요?"
"방송 작가였어요. 라디오."
"어쩐지! 얘기가 잘 통한다 싶더니 같은 여의도 출신이네. 나는 방송사 광고국에 있었어요. 사실 좋은 학교 나와서 좋은 직장 다니다가 택시 운전 하면 창피할 줄 알았는데 오히려 기회였다는 걸 이제는 알겠어요. 몸을 좀 낮추더라도 즐거운 일을 하는 게 좋아요. 인생의 2막에선 타이틀보다 만족감이 중요하더라고."

"예. 즐거운 건 확실히 즐거워요."

"사람은 일을 해야 해요. 즐거운 일. 남들 보기에 좋은 일은 젊어서 해봤으니 됐어. 이젠 내가 즐거운 일을 해야 해요."

우리는 책과 인생 2막에 대해 이야기를 더 나누었습니다. 내리면서 요금에 천 원을 보태 드렸더니 "됐어요. 책 팔아서 천 원 버는 게 힘들다며?! 됐어요, 됐어." 하십니다.

"선생님, 받아주세요. 오늘 좋은 말씀 감사해서 드리는 거예요. 제가 고민하고 있던 문제에 답이 많이 됐어요."

천 원짜리를 사이에 두고 우리는 같이 웃었습니다. 승객일 뿐이고 기사일 뿐이지만 이 작은 공간에서는 큰 인연으로 만나는 거라던 그분을 저는 어느새 선생님이라고 부르고 있었어요. 자부심과 충만감. 내 남은 인생의 가장 중심에 있기를 바라는 단어를, 지쳐서 올라탄 택시에서 듣게 됐네요.

보람 있는 일을 즐겁게 하라고, 일단은 그거면 되니까 신나게 살라고, 잘하고 있다고, 잘할 수 있다고, 그 말을 하려고 하늘이 제 앞에 택시를 서게 한 것 같아서 웃음이 났고 든든했습니다.

그 저녁, 택시 안에서 천사를 만났던 것 같습니다.

회사를 그만두는 일에 대하여, 윤대현 교수는 말했다.

"아는 어른이 퇴임을 하셨어요.
퇴임식에 가서 무슨 말을 할까 고민하다가 이 말을 했더니
아주 좋아하셨어요. '새로운 출발을 축하합니다.'"

새로 출발한 나는, 말하고 싶다.

"새로운 출발은 막연히 하늘에서 떨어지는 것이 아니라
그동안 우리가 살아온 인생이 문을 열어주는 것 같아요.
내일 내가 꿈꾸던 일을 할 수 있게 된다면
오늘이 힘들어도 헤쳐 나갈 수 있게 되잖아요.
시간이 갈수록 인생은 1막 1장짜리가 아니라는 걸 알게 돼요.
어려운 1막의 날들을 헤치면서 2막을 준비해왔다는 걸
알게 됐어요. 2막의 날들도 어렵긴 마찬가지겠지만
3막이 있고 또 그 너머가 있겠죠.
그때까지 내가 지치지 않았으면 좋겠어요.
내가 재미나게 놀 수 있도록 보살피려고요.
계속 근사한 꿈을 꾸고,
계속 앞으로 나아갈 수 있도록 말이에요."

사랑이
최고의 가치관입니다

사랑에 대하여 그가 말했다.

"사람의 욕구 중에 가장 큰 것은 사랑과 자유에 대한 욕구입니다.
자유를 위해서 인류가 피 흘린 걸 생각해보세요.
그럼 우리는 왜 그렇게 자유를 얻으려고 할까요.
어떤 철학자가 말했어요.
우리가 정말로 원하는 사랑을 하기 위해서라고요."

전부를 안아주는
사랑

몇 년째 사랑과 관계에 대해 글을 쓰다보니 질문을 받는다.
'어째서 아직도 사랑을 믿는가. 어떻게 믿을 수 있는가.'
반문할 수밖에 없다. "사랑을 믿지 않는다면 그다음은요?"

사랑을 의심하는 사람들은 언제나 있다.

내가 본 윤대현 교수는 따뜻한 사람이지만 상당히 이성적이고
실리적이었다. 그의 대답이 궁금했다. 사랑을 고민하는 사람
들에게 윤대현 교수는 말했다.

"한 번은 미친 척 사랑을 해봤으면 좋겠어요. 균형을 잃는 게
두렵거나 상처를 받을까봐 무서워서, 스타일 구겨질까봐 한
발을 뒤로 뺀 채 몸을 사리고 있으면 진짜 사랑을 할 수 없어요.
적어도 한 번은 자신을 다 걸고 미쳤다 싶을 정도로 뜨겁게 연

애를 하시면 좋겠어요."

바라보고 있는데 영화 속 장면이 떠올랐다. 〈굿 윌 헌팅〉.

윌이 말한다. "예쁘고 똑똑하고 재밌는 여자를 만났어요. 그동안 만났던 사람들과는 달라요."

숀의 대답은 간단하다. "그럼 전화해."

윌이 고개를 젓는다. "왜요? 똑똑하지 않고 재미없는 여자라는걸 알게 되면요? 지금 이대로가 완벽해요."

숀이 정곡을 찌른다. "반대 아닌가? 너의 완벽한 이미지를 망치기 싫어서겠지."

윌은 대답하지 못한다. 이번엔 숀이 길게 말한다.

"그런 식으로 살면 아무도 진실 되게 사귈 수 없어. 내 아내는 긴장을 하면 방귀를 뀌곤 했어. 여러 가지 귀여운 버릇이 많았지만. 자면서까지 방귀를 뀌었지. 어느 날 밤엔 소리가 얼마나 컸던지 잠에서 깼다니까. 갑자기 벌떡 일어나서 '당신이 그랬어요?' 하길래 차마 아니라고 말할 용기가 나지 않아서 '응'이라고 했어. 아내가 세상을 떠나고 2년이 지났는데 그런 기억만 생생해. 사소한 것들이야말로 멋진 추억이지. 제일 그리워. 나만 아는 아내의 사소한 버릇들. 그게 바로 내 아내니까. 아내도 내 작은 버릇들을 알고 있었지. 다른 사람들 눈에는 단점으로 보이겠지만, 오히려 반대야, 멋진 일이었어. 우리는 불완전한 세계로 서로를 끌어들였어. 너도 완벽하지 않아. 네가 만났던 여자애도 그렇고. 중요한 건 서로에게 얼마나 완벽한가지. 남녀관계란 그런 거야."

월의 표정이 달라졌다. 삐그덕 마음의 문이 열리는 표정이었다. 오래 닫혀 있던 마음이었다.

'부족해도 괜찮다' '사소해서 오히려 더 특별하다'고 말하는 손이라서 월은 깊이 묻었던 상처까지 꺼내놓을 수 있었다. '네 잘못이 아니야'라고 말하며 안아주는 손이 있어서 월은 트라우마를 극복할 수 있었다.

전부를 안아주는 사랑을 꿈꾼다. 전부를 보여주지 않으면서.
사랑을 믿지 않는다. 연인이 자기를 믿어주길 바라면서.
상처를 보여주지 않는다. 상처가 치유되기를 원하면서.

"술 마시면 저도 모르게 철벽을 쳐요."

그동안 해왔던 나쁜 경험이 작동을 해서 밀어내게 하는 겁니다. 이런 분들이 자주 하는 말이 소개팅을 해도 첫눈에 반하는 사람이 없다는 겁니다. 첫눈에 반하는 건 어려운 일이고 그런 사람을 찾다보면 볼수록 매력 있는 사람을 놓치게 됩니다. 이별하기 싫고, 오래가면서 깊어지는 사이를 원한다면 볼수록 매력 있는 사람과 같이 가야 합니다. 첫눈에 반하지 않더라도 단번에 밀어내지 말고 몇 번 더 만나보면서 상대의 매력이 나에게 어떻게 작용하는지 살펴보면 어떨까요. 다시 한 번 말하지만 인생은 볼수록 매력이 우러나는 사람과 같이해야 즐겁습니다.

"누구를 만나도 오래가지 못해요. 혹시 마음에 병이 있는 걸까요?"

딱히 잘 맞지 않는데 길게 끄는 분들이 더 문제죠. 한 번 만나면 5년씩은 만나는데 두 명만 만나면 10년이 가버리는 거잖아요. 자기 기준이 확실한 분들이 금방 헤어질 수 있어요. 선천적으로든 경험을 통해서든 이런 사람이 나랑 잘 맞는다 안 맞는다는 것을 아는 거죠.

사랑이 소중하지 않아서 빨리 헤어지는 게 아니라 사랑이 너무 소중해서 빨리 헤어질 수도 있어요. 안 맞는데 붙들고 있으면 정말 좋은 사람을 놓칠 수도 있으니까요.

한 달을 만나든 10년을 만나든 모든 만남에 의미가 있다고 생각합니다. 짧았다고 의미가 없거나 의미가 가벼운 건 절대 아니에요. 연애 스타일이 다른 것일 수도 있는 거죠. 자기 스타일을 존중하면 좋겠어요.

다만, 누굴 만났을 때 '또 금방 끝나겠지'라고 생각할까봐 그게 걱정이네요. 잘될 수 있는 사람도 보내버리게 되니까요. 긍정적인 마음으로 만나시면 좋겠어요.

> "모태솔로입니다. 남자를 보면 쑥스러워서 어떻게 말을 해야 할지 모르겠네요. 결혼은 할 수 있을까요?"

사람마다 잘하는 게 다 달라요. 공부를 잘하는 사람이 있는가 하면 음악을 잘하는 사람이 있고 미술을 잘하는 사람이 있는가 하면 이성 앞에서 말을 잘하는 사람이 있습니다. 연애를 잘하는 것과 결혼을 잘하는 것은 다른 문제입니다. 많은 사람을 만나는 게 중요한 게 아니에요. 딱 한 사람 좋은 사람을 찾는 것이 더 중요합니다. 연애 경험이 많지 않은 분이 그동안 해보지 않은 것이 많으니까 연애의 기회가 찾아오면 더 드라마틱하게 할 수도 있겠죠. 문제는, 어색하니까 하고 싶은 걸 안 하는 게 문제예요. 어색할수록 더 해봐야 유연해지는데 말이죠.

우리 학창시절에 공부하면 어려워도 하면 조금씩 늘었잖아요. 재밌는 사실은 공부가 노력 대비 효율이 그다지 좋은 항목은 아니라고 합니다. 노력한다고 해서 다 공부를 잘할 수 있는 건 아닌데요, 다른 일들은 공부하는 것의 10분의 1만 노력해도 좋아진다고 합니다. 투자 대비 효과가 좋다고 할까요?

공부하는 것의 10분의 1만 노력합시다. 반드시 좋아질 겁니다.

밖으로 나가서 사람들을 만나세요. 책 보고 연애를 공부만 하지 말고 행동도 합시다. 현실을 바꾸는 것은 소망이 아니고, 생각이 아니고, 행동입니다.

> "저를 좋아한다면서도 연락이 별로 없는 남자, 어쩌죠?"

여성에게 관계에 있어서 가장 중요한 것은 공감과 소통입니다. 제대로 소통이 안 되고 있다는 느낌은 여성을 상당히 고통스럽게 합니다. 이건, 고쳐 놓아야 합니다.

'나 외로워, 자주 전화해'라고 하지 말고 원하는 바를 구체적으로 적어서 내미세요. '자기 전에 전화하기' '기념일은 챙기기' 이런 식으로 미션을 주는 게 좋습니다.

좋아한다면서 연락이 없으면 '내가 더 잘해야 하나?' '내가 못 해줘서 그런가?' 이런 물음표가 떠올라서 점점 더 잘해주는 경우가 있어요. 고통스러워하면서도 상대를 잃게 될까봐 두려워서 확실하게 이야기를 못 할 수도 있고요. 하지만! 남자를 잃을지언정 확실하게 하겠다는 다짐으로 노력하지 않으면 점점 더 고통스러워질 겁니다. 미래의 자신을 위해 결단이 필요해요. 어떤 경우에는 잃어버려도 좋다는 마음이 있을 때 오히려 사랑을 더 잘 지킬 수 있고, 자신을 더 잘 지킬 수 있습니다.

> "밀당이 필요할까요? 저는 마음 가는 대로 사랑하고
> 싶은데, 어렵네요."

밀당을 무조건 나쁘게만 생각할 필요는 없다고 봐요. 물론 못된 밀당은 나쁘죠. 하지만 좋은 관계가 오래가도록 조율을 할 필요는 있거든요. 내가 먼저 다 해버리면 상대가 사랑을 표현할 기회를 잃을 수도 있잖아요. 내가 5를 줬으면 상대가 5를 줄 때까지 기다려보세요. 기다리지 않으면 본인이 5가 되고 10이 되고 100이 되는 동안 상대는 주는 사랑을 할 기회를 잃어버리

고, 주는 사랑을 할 줄 모르게 됩니다. 기다려주는 것도 사랑이에요. 상대에게 사랑을 말할 기회를 주시고 사랑을 표현할 시간도 주세요.

> "애인이 있는데 요즘 다른 여자사람 친구가 자꾸 생각나요."

내가 내 마음을 모르는 경우가 많습니다. 이럴 때는 두 가지 선택이 가능하지 않을까요? 먼저 적극적으로 자꾸 생각나는 그분을 만나는 겁니다. 하지만 반대도 가능합니다. 아예 그 여자사람 친구와 연락을 끊어보는 겁니다. 오히려 마음이 분명해질 수도 있거든요. 보통 사람들은 더 적극적으로 만나는 경우를 택하는 경우가 많습니다만 제가 권하는 것은 후자입니다. 양쪽을 다 만나고 있으면 죄책감이 들기 마련인데 죄책감이란 마음을 상당히 괴롭게 하는 것이니까요. 멀리 있을 때 더 간절해진다면 그때 가서 다시 이야기합시다.

> "남자친구가 제 휴대전화 내용을 궁금해합니다. 저의 모든 것이 궁금하고, 연인 사이는 서로의 모든 걸 알아야 한다면서요. 저는 그러고 싶지 않거든요."

궁금한 것을 참는 것도 사랑이라고 생각합니다. 관계가 오래 잘 가려면 적정 거리를 유지해서 숨 쉴 공간을 만들어줘야 합니다. 둘 다 오픈하고 싶다면 모르겠지만 그렇지 않은 경우라면 거리를 둬주는 것도 사랑이죠. 상대의 독립성을 인정하는 것도 사랑이고요.

비밀이었던 것을 공유하고 나면 또 다른 비밀공간을 만드는 게 사람의 본능입니다. 자꾸 숨긴다고 느끼면 더 집착할 테니 관계에 절대 좋지 않겠죠. 아무리 잉꼬부부라고 해도 보고 싶지 않은 부분을 보게 되면 내가 왜 이 사람과 결혼했을까 싶을 수도 있거든요. 서로 좋은 모습을 보면서 살면 좋겠어요.

> "제가 남자친구에게 자꾸 트집을 잡아서 짜증을 냅니다. 처음엔 저를 보는 눈이 반짝거렸고 정말 잘해줬는데 처음과 같지 않은 게 섭섭해요."

사랑의 단계상, 흔히 말하는 '꿀 떨어지는 시기'에는 화학반응이 활발합니다. 뜨겁게 타오릅니다. 중독성이 있죠. 강력하니까요. 그리울 수 있습니다. 그다음은 친밀감의 단계인데요, 전처럼 뜨겁지 않으니까 달라진 것 같지만 다음 단계로 가는 과정일 뿐, 사랑이 퇴색된 것은 아닙니다. 오히려 자연스러운 단계인 거죠.

결혼을 오래 유지시키는 가장 중요한 것. 바로 친밀감입니다. 아내는 남편이 아들 같고, 남편은 아내가 딸처럼 여겨질 때 사이좋은 상태가 가장 오래 간다고 하네요. 부모와 자식 같은 사랑은 서로 떨어지지 않는 법이죠. 그러다가 더 나이가 들면 열정적인 관계가 다시 중요해진다고 합니다. 뜨거운 날이 다시 올 거예요.

다시 말하지만 사랑이 식은 게 아닙니다. 성숙되어 가는 과정입니다.

안정기가 되어서 열정의 온도가 달라지는 것은 큰 문제가 아닙니다. 진짜 문제는 상대가 나와 공감소통을 하지 않는 것입니다. 열정보다 중요한 것이 공감이라는 것을 기억하면 좋겠습니다.

> "장거리 연애 중인데 남자친구가 헤어지는 게 맞는 것 같다며 문자만 남기고 잠수를 탔어요."

일단, 많이 속상하셨겠어요. 이럴 때는 솔직하게 말하는 게 필요한데 생각보다 많은 남자들이 소심해서 어려운 상황을 회피하고 도망을 가요. 하지만 대화가 필요한 상황에 숨어버리는 사람과는 남자든 여자든 같이하기 힘들다고 봅니다. 친구로서도 가까이 두기에 꺼려지는데 연인으로야 오죽하겠어요. 좋은 남자는 아니었더라도 사랑은 좋았던 것을 기억합시다. 사랑한다는 것은 좋은 것입니다. 사람을 잘못 만났을 뿐이에요. '그 사람이 왜 그랬을까? 내가 부족한 게 있었을까? 그때 그렇게 안 했다면 달라졌을까?' 이런 식의 분석은 하지 않으면 좋겠어요. 대신 그 남자의 어떤 점이 좋아서 내가 그 사람을 사랑했을까 돌아보면서 '내가 이런 걸 좋아하는 사람이구나' 자신에 대해 배우는 계기로 삼으면 어떨까요? 그래야 다음에 오는 사랑을 더 잘할 수 있어요.

> "사랑한다고 하면 여자친구가 '얼마만큼 사랑하냐'고 되묻습니다. 난감하네요."

'목숨만큼 사랑해'라는 말보다 '평생 해마다 네 생일에 선물을 해줄게'라고 구체적으로 말하는 쪽이 상대를 더 행복하게 합니다. 믿음도 주고요. 사랑의 표현이든 사과든 보상을 정확히 하는 것이 중요합니다.

> "여자친구가 툭 하면 삐치고 말을 안 하곤 합니다. 괴로워요. 왜 이러는 걸까요?"

전 이렇게 생각해요. 괴로운 맛에 만나는 거다. 그게 연애다!

연애는 본래 괴로운 거예요. 여자친구가 뭐에 화가 났을까. 보통 남자들은 잘 몰라요. 그러니까 평소에 여자친구에게 말해두는 게 좋습니다. '우리 남자들은 본래 여자가 왜 화가 났는지 잘 모른다. 뭘 원하는지도 모를 때가 많다. 화가 날 때는 뭐 때문에 화가 났는지 정확히 구체적으로 말해달라.'

제가 아는 분이 남자친구에게 불만이 있어서 헤어지겠다고 하길래 제가 제안을 했습니다. 구체적으로 뭐가 불만인지 정확히 남자친구에게 적어서 보여줘라. 적어서 내미니까 남자친구가 '미안하다, 몰랐다. 이 정도는 얼마든지 지킬 수 있다'고 하더래요. 얼마 뒤 둘이 결혼해서 아이도 낳았어요.

남자들이 사랑이 부족하거나 노력이 부족해서 모르는 게 아니에요. 원래 정확히 말해주지 않으면 진짜 잘 몰라요. 그러니까 남성분들, 사이좋을 때 여성들에게 일단 먼저 사랑한다고 말하고 이해를 구해보면 어떨까요? 이렇게 말하는 겁니다. '사랑한다. 굳이 일일이 말하지 않아도 알아서 잘 이해하고 싶지만 노력하는데 그게 진짜 잘 안 된다. 더 노력하겠다. 하지만 나를 좀 도와달라. 나를 사랑한다면 원하는 걸 구체적으로 정확히 말해달라. 우리의 평화를 지키는 길이다.'

연애에 대하여 그가 말했다.

"막연한 소통이 사랑에 독이 될 때가 있습니다.
상대가 내 마음을 알 거라고 생각하지만,
못 알아들을 때가 많습니다.
게다가 남성과 여성은 서로 언어가 다르기 때문에
같은 말을 여러 번 반복한다고 해서
충분히 알아듣게 되는 것은 아닙니다.
그 점을 이해했으면 좋겠습니다.
일단은 좀 더 구체적으로 자신이 원하는 바를
이야기해보세요.
가까운 사이일수록 자기 생각을 명확히 말하는 게 좋습니다.
한결 편안해집니다. 편해야 관계가 오래가지 않을까요?"

"어릴 때부터 결혼에 대해 부정적이었습니다. 결혼
해서 행복한 사람을 못 봤거든요. 저를 좋아하는 남
자를 만나면 도망치곤 했는데 나이가 드니 어머니
가 너무 걱정하세요. 혼자 사는 것도 자신이 없고.
결혼에 대한 두려움을 어떻게 하면 극복할 수 있죠?

이런 분들이 오히려 결혼하면 잘 살아요. '만족감=기대상황 –
현실'이잖아요. 결혼에 대한 환상이 없으니까 현실과 격차가
적어서 실망을 덜 하게 되는 거죠. 결혼하면 잘 사실 거예요.

결혼한 사람들이 불행해 보인다고 하셨는데 그 사람들이 유독
불행해서 그런 모습을 보이는 건 아닐 겁니다. 결혼이라는 게
원래 만만치가 않아서 그래 보이는 거예요. 반면, 혼자 사는 건
어떨까요? 역시 만만치가 않습니다. 사는 건 원래 만만치가 않
은 겁니다.
'결혼이 만만치 않다' 이 정도의 생각만 가지세요. 이런 생각을
하고 있으면 상대를 잘 살펴서 고르게 됩니다. 좋은 면이 있죠.
문제는 지금 이성을 안 만난다는 겁니다. 남녀는 워낙 달라서
자꾸 만나면서 서로에 대해 배워야 할 필요가 있거든요. 만나
야 알 수 있습니다.

두려울 수 있어요. 자동차 운전만 해도 면허 따고 처음 하면 두려워요. 안 해봤으니까 두려운 거예요. 일단 시작하면 머지않아 익숙해지고 그런 다음에는 재미를 느끼게 됩니다. 연애도 잘하실 수 있을 겁니다. 걱정 말고 시작해보세요.

"어머니가 남자친구와의 결혼을 반대합니다."

정말로 걱정해야 하는 것은 어머니의 반대가 아닙니다. 상대가 나와 잘 맞는지, 그것을 더 고민해야 합니다. 저는, 어머니 걱정을 잠시 뒤로 미루고 두 분이 결혼을 전제로 진지하게 사귀었으면 좋겠습니다. 반대하는 부모님만 생각하다가 두 사람이 서로를 잘못 볼 수도 있으니까요.

지금 현재 상황에서 가장 중요한 것은 결혼해서 잘 사는 것입니다. 결혼에 있어서 가장 본질적인 문제가 뭔지 생각하셔야 해요. 둘이 잘 맞는 게 가장 중요합니다.

저도 부모지만, 부모님 말씀이 다 옳은 건은 아니에요. 결혼해서 맞춰 살면 된다고들 하지만, 잘 안 맞춰져요. 잘 맞는 사람과 결혼하는 게 더 중요합니다. 결혼을 염두에 두고 계속 만나면서 나랑 잘 맞는 사람인지를 알아보시고 일단은 신나게 연애하시면 좋겠습니다.

"결혼을 앞두고 왠지 모를 스트레스 때문에 힘이 듭니다."

생각할 게 많으니까 불안한 것은 당연합니다. 결혼을 한다는 건 그 모든 걸 감당해낸다는 걸 뜻해요. 고민이 최고조에 달하죠. 하지만 사실 축하받고 더 사랑해야 할 시기거든요. 결혼이 일이 되어버리면 그 시간을 다 날려버리는 거예요. 다시는 오지 않을 시간인데요.

고민은 문제가 생겼을 때 하시고, 더 연인처럼 보내시면 좋겠어요. 좋은 추억을 많이 만들어놓으면 나중에 어려운 일이 생겨도 이겨낼 수 있는 힘이 됩니다.

이 시기에는 연인에게 서운한 것이 생각날 수도 있어요. 적어서 상대에게 주세요. 결혼하기 전날까지는 선택할 자유가 보장되잖아요. 구체적으로 적어서 상대에게 고칠 수 있고 나아질 수 있는 기회와 자유를 주셨으면 좋겠습니다.

문제가 있을 때 결혼을 백지화할 수 있다는 용기로 가면 오히려 더 잘 결혼할 수 있습니다. '이 사람에게 잘해야지, 잘못하면 사라지는구나' 생각하면 잘해야겠다 싶어져서 긴장합니다.

"남자친구가 자꾸 바람을 피웁니다. 1년에 3번이나 저에게 들켰어요. 다시는 안 그러겠다, 버릇 고치겠 다면서 올해 결혼하자고 하는데, 달라졌다는 남자 친구를 믿어도 되는지 모르겠네요."

확신이 들 때까지 기다립시다. 이런 걱정을 하면서 결혼하시 면 안 되죠. 1년 정도 더 시간을 두고 별일 없는지 확인하시고, 무엇보다도 내 마음이 어떤지를 확인하시고, 그다음 단계를 생각하시는 게 좋지 않을까요?

결혼을 할 때 마음에 불안함이 있으면 불안이 해소될 때까지 기다려주는 게 좋습니다. '결혼 적령기니까 결혼해야지' '이 사 람이 어디 가면 어떻게 하나' 이런 걱정에 밀려서 결혼하시면 안 됩니다.

마음이 안정 돼서 완전히 흔쾌해질 때까지는 결혼을 결정하지 말고 데이트를 더 하면 좋겠습니다. 결혼이라는 것은 마음에 서 완전히 흔쾌할 때, 그때 하는 것도 늦지 않습니다.

결혼에 대하여 그가 말했다.

"결혼은 맞춰 사는 게 아닙니다.
잘 맞는 사람과 결혼하는 게 중요합니다.
마음에서 완전히 흔쾌할 때, 그때 결혼을 결정하시고
결혼을 앞두고 있다면
더 연인처럼 다정하게 보내면서 좋은 추억을 만드세요.
그 추억이 어려운 날에 두 분을 지켜줄 힘이 될 겁니다."

진짜 사랑은
어떻게 만날 수 있을까
『100만 번 산 고양이』

사노 요코. 그림책 작가. 『100만 번 산 고양이』라는 동화책으로 세계 여러 나라에서 사랑받았습니다. 2010년 암으로 세상을 떠나기 전까지 다양한 그림책은 물론이고 『사는 게 뭐라고』 『죽는 게 뭐라고』 등 심리묘사와 유머가 빼어난 에세이도 남겼는데 위풍당당하고 패기 넘치는 삶의 태도가 특별한 울림을 주었죠.

사노 요코의 작품 중에서 가장 좋아하는 것은 단연코 『100만 번 산 고양이』입니다. 백만 번이나 죽고 살아난 얼룩 고양이가 주인공인데 사는 동안 고양이는 임금님과 서커스 단장과 뱃사공과 홀로 사는 할머니와 어린 소녀의 고양이였습니다. 생애마다 주인이 바뀌었고 모두가 고양이를 사랑해서 고양이가 죽을 때마다 눈물을 흘렸습니다만, 고양이는 한 번도 울지 않았어요. 미련이나 애착 같은 건 없었는데 마침내 고양이가 자기 자신의 고양이가 되는 날이 왔습니다. 도둑고양이로 태어났거든요. 자유롭고 즐겁게 살다보니 고양이는 자기 자신이 정말 좋아졌습니다.

사랑은 그다음에 왔습니다. 독립되고 자유로운 존재가 된 다음에.

상대는 하얀 고양이였어요. 누구를 만나도 '나는 백만 번이나 다시 태어났던 존재다' 허세를 부렸지만 이번에는 자랑을 멈추고 대신 하얀 고양이에게 물었습니다.

"네 곁에 있어도 되겠니?"

둘은 함께했고 아이들이 태어났습니다. 아이들은 자라서 부부를 떠났죠. 단 둘이 남은 얼룩 고양이와 하얀 고양이는 영원히 정답게 살고 싶었습니다만, 정해진 시간은 머지않아 끝이 났고 하얀 고양이가 죽던 날 얼룩 고양이는 목 놓아 울었습니다. 며칠을 멈추지 않고 울다가 머지않아 하얀 고양이를 따라 세상을 떠났습니다. 이어서 몇 번을 다시 읽게 되는 문장이 나옵니다.

'그리고 다시는 태어나지 않았다.'

운명적이고 절대적인 사랑을 만나다니 아름답다거나 부럽다고 생각하기 전에 기억했으면 좋겠습니다. 그전에 얼룩 고양이가 '누구의 무엇도 아닌 자기 자신이 되는 단계'를 거쳤다는 것.

『100만 번 산 고양이』는 말하고 있습니다. 완전한 자기 자신이 되어 세상과 마주해야 진짜 사랑을 만날 수 있다는 것. 그날이 오면 허세와 허풍으로 자신을 과시할 필요 없이 단 하나만이 중요할 것입니다.

어쩌면 사랑의 시작이고 전부,
'옆에 있는 것'.

부족한 나도
사랑받을 수 있을까?
〈무지개 여신〉

"지난 사랑이 좋지 않았어요."
"나쁜 사람이 너무 많아요."
"상처 받는 것이 두려워요."

자주 듣는 말입니다. 그런 이들에게 되묻곤 합니다.

"일부러 상처 주려고 누군가를 만난 적이 있나요?"

다들 고개를 저어요. 일부러 상대에게 상처를 주려는 사람이
얼마나 있을까요? 만나다보니 안 맞았고, 어쩌다보니 상처가
된 것뿐이겠죠. 의도가 나빴던 것이 아니라 과정이 미숙했을
뿐인데 시작부터 좋지 않았다거나 사람 자체가 나빴다고 말해
버리면 상대로서는 꽤 억울한 일인지도 모르겠습니다. 그저

사랑이 두려울 뿐인데 과거를 탓하고 상대를 탓하는 경우도 있는 것 같고요.

그렇다고는 해도 이런 질문은 슬프게 느껴집니다.

"상처가 많아요. 바보 같은 구석도 많고요. 이런 나를 사랑해줄 사람이 있을까요?"

그런 이들에게 영화 〈무지개 여신〉을 권하고 싶어요. 청춘의 사랑 이야기를 담은 작품입니다.

주인공은 토모야와 아오이. 둘은 같은 레코드숍에서 아르바이트를 하며 만나요. 토모야에게는 짝사랑하는 여학생이 있었는데, 아오이에게 도움을 받기를 원했어요. 결과는 좋지 않았지만 두 사람의 인연은 계속 얽혔습니다. 영화 동아리 활동을 같이 하면서 미래 걱정, 연애 고민을 함께 나누었죠. 졸업 후 아오이는 미국으로 유학을 가는데 비행 도중 사고로 세상을 떠납니다. 동생은 언니 아오이가 써놓고 부치지 못했던 편지를 발견해서 토모야에게 전달합니다. 러브레터였어요.

"우유부단한 점도 좋아. 혼자서는 아무것도 못하는 점도 좋아. 끈기 없는 점도 좋아. 둔감한 점도 좋아. 웃는 얼굴이 가장 좋아."

아오이의 마음을 이해합니다. 저도 둔감한 남자를 좋아했거든요. 부족한 점이 많은 사람이었지만 그 사람이 웃으면 저도 웃었어요. 바꿔서 생각하면 나를 보며 같은 마음을 가진 사람도 있지 않을까요? 어리숙하고 부족해서 오히려 더 좋아했을지도 모르죠. 저도 그랬으니까요.

그러니 '내가 부족해서 날 사랑하지 않을 것 같아요'라고 말하면 이렇게 대답합니다.

"움츠러들지 말아요. 어깨 굽어요. 뭐가 문제예요? 남들이 다 바보 같다고 해도, 그 사람은 내가 바보 같아서 좋다고 말하는 거. 그게 사랑인데."

특별해서 사랑하는 것일까,
사랑해서 특별한 것일까
〈내겐 너무 가벼운 그녀〉

"사랑해"라고 하면 "얼마만큼?"이라고 묻던 날이 있었습니다. "좋아해"라고 하면 "나의 어디가 좋아?"라고 되묻기도 했었죠. 장난처럼 말했지만 불안이 깔려 있었던 것을 인정합니다. '이 것밖에 안 되는 내가 어디가 좋은 걸까?'라는 의문. '나를 제대로 알고 좋아하는 걸까? 그 자신이 만들어놓은 사랑의 환상을 좋아하는 것은 아닐까?' 질문했지요.

만나고 헤어지는 일을 반복하며 알게 되었습니다. 사랑은 일정 부분 원래 환상이라는 것.

누구나 상대에게 자신의 꿈을 투영하잖아요. 어차피 사랑이란 환상이라 상대의 눈에는 내가 실제의 나보다 멋져 보일 확률이 높습니다. '아름다운 사람이라 사랑하는 것인가, 사랑하기 때문에 아름다운 것인가?' 질문은 어리석어요. 사랑하니까 아름다워 보이고, 아름다우니까 더 사랑하는 것 같습니다. 그렇게 믿으면 마음이 편해서 연애가 훨씬 부드러워집니다.

영화 〈내겐 너무 가벼운 그녀〉.
기네스 펠트로와 잭 블랙의 호흡이 좋았던 영화입니다.
남자 주인공의 이름은 할. 성격 나쁜 여자는 참아도 뚱뚱하고 못생긴 여자와는 사귈 수 없다고 입버릇처럼 말하지만 소망하던 여자는 만나지지 않았습니다. 외로운 나머지 심리 상담가를 찾아가요. 최면요법을 처방 받고 상담소를 나오던 할은 놀랍게도 꿈꾸던 여인을 발견합니다. 이름은 로즈마리.

할은 단박에 사랑에 빠져들었어요. 로즈마리는 외모도 훌륭하지만 성격까지 매력적이었습니다. 친구들은 시간이 지나면 환상이 깨질 거라고 놀려댔지만 할의 사랑은 점점 깊어졌습니다. 로즈마리와 함께 있으면 즐겁고도 평화로웠죠.
다만, 이상한 일이 있었는데 로즈마리가 앉으면 의자가 부서지고 보트가 기울었어요. 그래도 할은 신경 쓰지 않았죠. 꿈꾸던 모습과 완벽하게 일치하는 여인이었고, 만나면 만날수록 더 좋은 사람이었으니까 다른 걱정은 잊었어요.

하지만 예상하신 대로 꿈결 같은 이 사랑은 모두 최면요법 때문에 일어난 것이었습니다. 최면에서 깨어났을 때 할은 돌아섰을까요? 아뇨. 이미 사랑에 물들었고 또, 로즈마리는 할에게 대체 불가능한 사람이 되어 있었습니다. 사랑은 계속되었어요.

〈고양이와 개에 관한 진실〉이라는 영화도 비슷한 맥락을 갖고 있습니다. 요점은 '매력'이었어요. 그 사람에게 통하는 나만의 매력이 사랑을 오래가게 하고, 우리를 대체 불가능한 강력한 존재로 만듭니다. 예쁜 사람, 잘난 사람은 얼마든지 있지만 나 같은 사람은 세상에 나 하나뿐이니 어쩌겠어요. 상대가 나의 매력을 사랑하게 됐다면 우리가 할 일은 계속 나답게 사는 것이겠죠.

더 이상은 '나의 어디가 좋아?'라고 묻지 않습니다. 이런저런 멋진 이유를 댄다고 해도 '그냥'이라는 대답이 가장 좋습니다. '네가 너라서 좋다'는 말처럼 들리기 때문입니다.

갈등과 위기,
이별은 사랑의 실패일까?
〈사랑도 리콜이 되나요?〉

"그 사람은 왜 그랬을까요?"
"우리는 정말 끝일까요?"

이런 질문이 정말 난감합니다. 사랑 때문에 일어나는 일이야 당사자밖에는 답을 알지 못하니까요. 심지어는 자기 자신도 자기 마음을 모를 때가 많고요. 부족한 답을 말하는 대신 영화 〈사랑도 리콜이 되나요?〉를 권합니다. 닉 혼비의 소설 『하이 피델리티』가 원작인데 사랑의 위기를 통해 우리가 무엇을 배울 수 있는가를 보여줍니다.

레코드 가게 주인 롭 고든은 오랜 여자친구 로라와 같이 살고 있었는데 느닷없이 이별을 선고받습니다. 아마 대부분의 남녀

관계가 그렇듯, 로라 입장에서는 오래 고민하고 내린 결정인데 롭은 갑자기라며 놀랐겠죠. 여튼 하루아침에 찾아온 이별에 롭은 혼란에 빠졌습니다. 무엇 때문에 로라가 떠난 것일까요? 아무리 생각해도 알 수 없었습니다.

답답한 마음에 롭은 오래된 수첩을 뒤져서 옛 여자친구들의 연락처를 찾아냅니다. 구여친들을 차례로 방문하며 자기가 무엇을 잘못해서 이별하게 됐는지 물었어요. 하나하나 이유를 듣고 롭은 당황했습니다. 연인이 무엇을 힘들어하고 있었는지 롭은 단 한 번도 제대로 눈치채지 못했던 겁니다.

자신의 문제를 깨닫고 롭은 달라지려고 노력했습니다. 로라를 잃고는 살 수 없는데 달라지지 않으면 로라는 돌아오지 않을 테니까요. 결론은 해피엔딩이었습니다.

롭이 거쳤던 지나간 네 번의 이별을 다시 생각해볼까요? 그동안의 이별은 실패였을까요, 아니면 진짜를 찾는 과정이었을까요.

누구나 실수도 하고 이별도 합니다. 어떤 사람은 실패라고 부르면서 패배감에 젖어서는 앞으로 올 사랑마저 두려워하지만, 어떤 사람은 배웁니다. 이번에 롭이 그랬던 것처럼요. 더 나아지기 위해서 문제점을 고쳐나가고 미래를 준비합니다.

그러니, 위기나 이별을 '진짜를 찾아가는 성장의 과정'이라고 부르고 싶습니다. 물론, 우리가 이별로부터 아무것도 배우지 못한다면 그땐 실패로 남겠지만요.

변하는 사랑을
어떻게 이해할까
〈당신 자신과 당신의 것〉

홍상수 영화〈당신 자신과 당신의 것〉에서 여자 주인공 민정은
만나는 모든 사람에게 같은 질문을 합니다. "저 아세요?"라고
물었죠.

상대가 '어디 어떤 자리에서 만난 적 있잖아요' 짚어서 말하면
고개를 저으며 그건 자신이 아니었다고 합니다. 분명 만난 적
이 있다고 상대가 확신에 차서 말해도 아니라고, 부정하며 말
해요. 비슷한 사람을 봤겠죠, 라고.

놀라운 것은 남자친구 영수에게까지 같은 행동을 했다는 겁니
다.

영수는 화가 났습니다. 다수의 동네 사람이 민정이 다른 남자
와 술을 마시는 걸 봤다는 겁니다. 민정에게 따지니 아니라고

합니다. 정말로 자신이 아니었다고, 자기와 닮은 여자가 아니었겠냐고 하죠. 영수는 화를 냈고 민정은 사라졌습니다. 영수는 민정을 믿을 수 없어 고통스러웠지만 민정이 없는 날들을 견디는 것은 더 고통스러웠습니다. 민정을 찾아 나서지만 그녀는 어디에도 없었어요. 헤매는 날이 길어졌습니다.

하루에 하루가 보태지며 영수는 자신에게 민정이 소중한 존재라는 걸 깨달았습니다. 그러다 우연히 골목 안쪽에서 민정과 마주쳤는데 바닥에 쭈그려 앉아 울고 있었어요. "민정아" 영수가 불렀을 때 민정은 돌아보며 말합니다. "저 민정이 아닌데요." 민정이네 아니네 몇 번의 말이 오고 가다가 영수는 여인의 말을 그대로 받아들이기로 했어요. 어쨌거나 둘은 밤을 같이 보냅니다. 민정이 아닌 척하는 민정을 영수는 처음 보는 사람처럼 대했고, 더 이상 민정은 영수를 떠나지 않았습니다.

영화는 질문하는 것 같았어요. 너는 그 사람을 알고 있는가. 네가 알고 있는 그 사람은 오늘의 그 사람인가, 어제의 그 사람인가. 영화 내내 여자는 카프카의 『변신』을 읽고 있었는데 그건 마치 사람은 계속 변한다고 말하는 것 같았습니다. 사람이 변하면, 당연히 사랑도 변하겠죠.

종종 저를 찾아와 "버림받았어요. 다른 사람이 생겼대요."라고 말하는 분들이 있습니다. 버림받았다는 표현은 어울리지 않습니다. 그저 더 좋은 사람이 생긴 것뿐입니다. 감히 누가 우리를 버릴 수 있을까요. 내가 부족하거나 못나거나 쓸모없어서 버린 것이 아니라 마음이 다른 곳으로 흘러갔을 뿐입니다.

제가 이렇게 대답하면 또 물어요. "어떻게 사람이 그럴 수가 있어요?" 제가 할 수 있는 말은 하나밖에 없더군요. "사람이니까요."

사람이나 사랑에 대해 교과서적인 잣대를 들이대던 때가 있었습니다. 기대에 어긋날 때마다 마음이 아팠어요. 나를 위해서 다르게 생각해보기로 했습니다. 사람은 불완전하고 나약하며 쉽게 변한다. 전제를 바꿨을 뿐인데 한결 편안하더라고요. 엉망진창인데 그중에 귀한 사람이 있으면 고맙고, 실망스러운 모습을 봐도 나약한 존재니까 그럴 수 있지, 마음이 편해졌습니다. 이해합니다. 변하는 모두를. 사람이니까 그럴 수 있어요. 인정하면 편안해지고 '버림받았다'는 슬픈 단어에서 해방될 수 있어요. 변할 수 있다는 것을 이해한다면.

인연은
어떻게 만드는 것일까
〈매기스 플랜〉

〈프란시스 하〉의 그레타 거윅이 또 한 번 매력적인 연기를 보여준 영화입니다. 〈매기스 플랜〉은 스스로 인연을 만들려고 했지만 사실은 우주의 거대한 계획 안에 있었더라는 이야기를 담았습니다.

매기는 결혼은 원하지 않지만 아이는 갖고 싶어 했습니다. 고등학교 동창 토니에게 정자를 기증받기로 했죠. 우직하고 순박한 청년 토니는 수학 천재였지만 현재는 피클 만드는 일에 빠져 공장을 열었습니다. 매기를 짝사랑했지만 매기는 토니를 남자로 보지 않았어요.

사랑은 다른 곳에서 찾아졌습니다. 남자 주인공은 에단 호크가 맡았는데 극중 이름은 존, 소설 쓰는 사람이었어요. 매기와 존은 모두 대학 강사였는데 강의료가 바뀌면서 우연히 인연이 얽힙니다. 존이 소설을 쓴다고 하자 매기가 관심을 보였어요. 둘은 점심시간마다 공원에서 만나 소설을 품평했습니다. 그러곤 사랑이었죠.

존은 가정이 있는 남자였지만 흐르는 마음을 멈출 수 없었습니다. 매기가 다른 남자의 아이를 가질 거라고 하자 마음이 복잡해졌어요. 매기가 인공수정을 시도하던 날, 존이 찾아와 매기 앞에 무릎을 꿇고 청혼을 합니다. 이혼을 하겠다는 겁니다. 존은 그날 밤 집에 가지 않았고 머지않은 날에 매기는 임신 사실을 알게 됩니다.

존과 매기는 결혼을 했지만 간절히 바라던 때와는 전혀 다른 일상이 펼쳐졌습니다. 육아와 살림은 모두 매기의 몫이 되었고 존은 오직 소설만 쓰고 있었어요. 심지어 시간이 흘러도 완성되지를 않았죠. 전처와 좋은 관계를 유지하고 있는 것도 거슬렸습니다. 고민하며 괴로워하던 매기는 플랜을 짰습니다. 전처와 존을 재결합시키기로 한 거예요. 매기의 노력이 결실을 얻어 존은 원래의 자리로 돌아갔습니다. 매기는 자유를 찾았고 모두가 전보다 행복해 보였어요.

영화의 마지막 장면에 이르러 우리는 우주의 계획을 알게 됩니다.

매기의 딸이 세 번째 생일을 맞이했습니다. 아이가 스케이트 타는 것을 좋아해서 야외 스케이트장에서 파티를 열었어요. 아이가 얼음을 지치며 계속 숫자를 세는데 세 살 아이가 알기에는 너무 큰 숫자라서 사람들이 물었죠. "존이 수학을 잘했던가? 아니라면 매기 네가 잘했나?"

아니라고 대답하며 매기는 뭔가 깨달은 표정이 되었습니다. 존의 아이가 아니었나봅니다. 그때 저만치서 한 남자가 스케이트를 어깨에 걸고 얼음판을 향해 걸어옵니다. 토니였어요. 한때 수학 천재였던. 아마도 딸아이의 생물학적 아빠.

'사람의 계획 위에 더 큰 계획이 있다, 결국 모든 것은 제자리를 찾아간다. 그러니 공연히 아등바등 애쓰지 말고, 억지 부리지 말고 자연스럽게 흘러가는 것이 어떨까?'라고 영화는 말하는 것 같습니다. 그러게요. 대부분의 좋은 일은 자연스럽게 이루어졌던 것 같습니다. 그러니 믿고 편안하게 오늘이 즐겁기를.

사랑에 대하여 그는 또 말했다.

"사랑과 가치관이 부딪힐 때가 있어요.
사랑을 택하려면 가치관을 바꿔야 하고
가치관을 지키려면 사랑을 버려야 할 때가 있는데
제가 볼 때는 사랑이 우선인 것 같아요.
가치관은 바꾸면 되지만, 사랑은 쉽게 오는 것이 아닙니다.
저에게는 사랑이 최고의 가치관입니다."

사랑으로 아팠던 나는 말했다.

"사랑은 때로 우리를 아프게 만들지만
사랑이 만드는 아픔을 통해 사람의 소중함을 배웠습니다.

사랑이 만드는 외로움으로 인해 반대로 사람이 품은 온기가
얼마나 감동적인 것인지도 알게 되었고요.

한때 사랑으로 인해 몹시 아팠습니다.
마음은 물론 몸까지 병이 들어 큰 수술을 해야 했어요.
몸에 흉터가 남았지만 더는 아프지 않아 이제는 상처라고
부르지 않습니다. 흔적이라고 부를 뿐.

아침에 샤워할 때마다 상처의 흔적을 바라봅니다.
'결국 치유된다. 결국 지나간 것이 된다'라고
말해주는 것 같아요.
다 지나갔습니다.

하지만 아프던 시절 달려와서 저를 위해 울어주고
안아주고 멀리까지 가서 저를 웃게 할 것들을 구해다주던
친구들은 여전히 제 곁에 있습니다.

혹여 사랑이 가도,
사랑이 남긴 좋은 것은 여전히 우리에게 남습니다.
저는 그것이 우리가 힘이 들어도 계속 사랑해야 하는
이유라고 믿습니다.
상처는 아물지만 사랑이 남긴 아름다운 것들은 우리 곁에 남아
우리를 지켜줍니다."

자존감은 당연히
높은 겁니다

사랑받을 만한
가치가 있는 존재라는
믿음

힐링이라는 단어가 유행하더니 이어서 자존감이라는 단어가
사연 속에 자주 등장했다. 윤대현 교수에게 이야기했더니 병
원에서도 같은 질문을 많이 받는다며 특집을 제안했다. 특집
예고가 나가자 사연이 밀려들었다.

　　"실연당해서 자존감이 떨어졌어요."
　　"시험에 떨어졌어요. 자존감이 바닥을 칩니다."
　　"몸무게에 따라 자존감이 널뛰기를 합니다."
　　"거울을 보면 내가 못나고 부족해 보여서 자존감이
　　떨어져요."
　　"우리 아이는 자신감이 부족해요. 자존감이 떨어진
　　것 같아요."

방송을 준비하며 검색해봤다. '자존감: 자아존중감. 내가 사랑받을 만한 가치가 있는 소중한 존재라고 믿는 마음.' 정의는 알겠다. 하지만 그저 한 번 이별한 것뿐이고, 살이 좀 쪘을 뿐인데 존재 자체에 위기가 온 듯 말하는 것이 과연 옳은 일일까? 이별했으면 다른 사람을 만나면 되고, 살이 쪄서 불편하면 운동을 해서 빼도 되고 다른 장점으로 보완해도 된다. 살은 쪘지만 매력이 있다, 일을 잘한다, 노래를 잘 부른다, 눈이 예쁘다. 얼마든지 보완 가능한 장점이 있을 텐데 부족한 단 하나로 전체를 덮어버리다니.

반응이 어찌나 뜨거운지 1회 편성을 2회로 늘려야 했다. 라디오 작가는 사연의 개수에 기뻤다 슬펐다 한다. 보통은 사연이 많이 올수록 퇴근길 발걸음이 가벼운데, 이번에는 예외였다. 사연이 올수록 안타까운 기분이 됐다. 다들 얼마나 무겁게 살고 있는 것일까.

"대체 왜 대중이 자존감에 집중하는 걸까요?"

자존감이 떨어졌다는 느낌이 없다면 유행 자체가 불가능한 단어예요. 누구나 자기를 소중히 여기고 싶은데 세상이 소중하게 대해주지 않으니까 자존감에 대해서 더 생각하게 되는 겁니다. 경쟁사회잖아요. 끊임없이 비교를 당해요. 저도 다른 의사들이 방송하는 걸 듣는데 그 사람이 나보다 웃기면 역류성 식도염이 생길 것 같아요. 비교가 그렇게 무서운 거예요.

"SNS 영향도 크겠네요."

안타까운 일이에요. 서로 더 잘 소통하고 좋은 말을 해주려고 시작한 건데 서로 자신을 과장합니다. '좋아요'를 많이 받아도 허전해요. 과장된 나를 좋아하는 거니까요. 상대는 과장된 나를 질투하죠. 나는 공허해지고, 상대는 멀어집니다. 악순환이 발생할 수밖에 없어요. 사람들은 SNS에 보이는 것만큼 행복하지 않아요. 보여주는 대로 믿고 주눅 들면 안 돼요.

"자존감에 대해서 공부를 많이들 하고 있더라고요.
요즘 책도 많이 나오고요."

공부하는 건 좋아요. 하지만 자존감에 대해서 너무 많이 생각하는 것이야말로 자존감 있는 사람에게 어울리지 않는 행동입니다. 그 시간에 내가 할 수 있는 의미 있는 일을 하는 게 더 자존감 있는 거예요. '하늘을 보겠어' '공부를 하겠어' '영화를 보겠어' 이러는 게 더 나아요. 나의 뇌를 충전시켜주고 행복감을 올려줄 일을 하는 게 좋아요.

"도대체 자존감은 어떻게 하면 높일 수가 있죠?"

자존감은 높여야겠다고 마음먹는다고 높아지는 게 아닙니다. 자존감은 시선과 시각의 문제예요. 내 눈이 어디를 보는가가 중요합니다. 나쁜 쪽을 보면 자존감이 떨어지고 좋은 걸 보면 자존감이 올라가요. 자신의 장점을 봐야 해요. 단점을 보지 말고요.

"자존감이라면 '느낌'처럼 느껴져요. 내가 존중받고 있다는 느낌?!"

정확히 말하면 느낌보다는 삶의 의미와 관련 있다는 게 더 맞을 거예요. 의미 치료라는 게 있어요. 빅터 플랭크에게서 나왔죠. 그는 유대인 정신과 의사이고 아우슈비츠 생존자인데 수용소에 3년 있으면서 관찰해보니까 살아남는 사람들에게는 특징이 있더래요. 그런 사람들은 열악한 상황에서도 '인간으로서 내가 무엇을 위해 살아가는가' 질문하고 삶의 의미를 생각했다는 겁니다. 바로 이게 자존감이에요. 극단적인 상황에서도 나의 소중한 가치를 바라볼 수 있는 능력. 다시 말하지만 자존감은 시선과 시각의 문제입니다. 내가 소중한 존재라는 걸 기억해야 해요.

> "사연을 들으면서 자존감이 떨어지는 이유가 이렇게 다양하다는 데 놀랐어요. 이별해도 떨어지고, 살이 쪄도 떨어지고, 직장 상사와 마찰이 생겨도 떨어지고. 정말 다양한 이유로 자존감이 떨어지네요."

단어가 틀렸어요. 이별하고 자존감이 떨어졌다니. 그건 자존감 문제가 아니에요. 상실감이죠. 반대로 생각해야 합니다. 사랑했고, 사랑받았다. 사랑을 느낄 상대가 옆에 있었다. 고로, 나는 가치 있는 사람이다.

> "성공한 사람들이 상대적으로 자존감이 더 높겠죠?"

반대 아닐까요? 자존감이 높은 사람이 성공하는 거겠죠. 매사에 부정적이고 난 별거 아닌 사람이야, 사랑받을 가치가 없어 생각하는 사람이 얼마나 성공을 하겠어요. 한계가 있을 겁니다. 물론 성공 경험이 쌓이면 자존감이 올라갈 수는 있겠지만, 실패했을 때 실패를 느낀다고 자존감이 약한 게 아니에요. 자기 가치를 평가절하하는 게 자존감이 낮은 겁니다. 자존감은 '누구도 루저가 아니다. 모두가 소중하다'는 생각에서 비롯되는 것이지 원래는 성공 여부와 관계가 없어요.

> "성공해서 높이 올라간 사람들이 다 자존감이 높은
> 건 아니더군요."

직업상 성공한 사람들을 많이 만나는데 그분들만의 고민이 있어요. 예를 들면 '성공하지 않았어도 사람들이 나를 좋아해줬을까?' 의문을 갖게 되는 겁니다. 성취하려고 노력하는 건 의미가 있지만 성취보다 더 중요한 건 관계예요. 얼마나 성취를 하느냐와 관계없이 나를 아껴주는 사람이 내 주위에 얼마나 있는가, 이게 자존감에는 더 중요합니다.

> "자존감이 높지 않은데 높은 척하는 사람도 있는 것
> 같아요."

쿨함과 무례함이 구별되어야 하는 것처럼 진짜 자존감과 가짜 자존감도 구별되어야 합니다. 자존감이 높은 척하며 자기

만 옳다고 하고 남의 비판에 발끈하는 분들이 있는데 이건 가짜 자존감입니다. 물론, 가짜 자존감을 가진 사람이 성공할 때가 있습니다. 결핍이 성공의 동력이 되는 건데요, 이런 분들은 힘을 위주로 관계를 가지려고 합니다. 상대를 조종하기를 원하지만 내면은 계속 불안하죠. 힘이 없으면 저들이 나를 좋아하지 않을 거라고 생각하니까요. 요즘은 자존감과 성공을 결부시키니까 자존감이 낮으면서도 높은 척 포장하는 사람들이 많은데 이런 사람들과 얽히면 상당히 피곤해집니다. 잘 살펴셔야 해요. 제가 임상에서 25년 정도 많은 분들을 만나다보니까 정확한 건 아니지만 진짜로 성공한 분들에게서 공통점 같은 걸 발견합니다. '내가 잘하는 게 뭔지를 알고 그것을 개발하는 것', '자신감' 그리고 '관계, 특히 사람 보는 눈'이에요. 좋은 사람을 알아보는 것보다 더 중요한 것이 있습니다. 아닌 사람을 아닌 걸로 알아보는 눈이 필요합니다.

"자존감이 높은 사람들에게 공통된 특징이 있겠죠?"

제 생각에는 긍정적인 것을 잘 찾는 사람들이 자존감이 높습니다. 그들은 자신을 볼 때도 그렇고, 남을 볼 때도 긍정적인 것을 잘 찾아냅니다. 인생이 파도 타듯 출렁거린다는 사실을 잘 받아들여요. 완벽주의가 오히려 자존감을 망치죠. 더 높이 더 멀리 더 훌륭해져야 한다는 건 세상이 정해놓은 목표이지 내 목표는 아닐 수도 있는데 그걸 따라가려니까 힘들어지는 거예요. 오르락내리락하는 게 인생이라는 걸 잘 받아들여야 자존감을 지킬 수 있는데 내려가는 걸 못 참으니까 힘들어지는 거죠.

더불어 제가 볼 때 자존감이 높은 사람은 다른 사람을 배려할 줄 알아요. 자신이 소중하니까 남도 소중한 겁니다. 적절한 비판도 잘 받아들여요. 일부가 잘못됐다고 말하는 게 전체를 비난하는 게 아니라는 걸 아니까 유연하게 받아들일 수 있는 거죠.

> "아이가 자신 없어 해서 고민하는 부모님도 많아요.
> 자존감은 어릴 때부터 키워줘야 하는 거겠죠?"

우리는 문제 위주의 접근에 익숙해져 있어요. 문제를 찾아서 고치려고 하죠. 아이 때문에 고민 상담하는 부모님께 제가 꼭 여쭤보는 게 있어요. '그럼 아이의 장점은 무엇인가요?' 대답을 못하는 분이 많아요. 그런데 사실, 나쁜 걸 찾아서 고치는 것보다 좋은 것을 개발해서 문제를 덮어버리는 게 훨씬 효과적입니다. 아이가 밥 잘 먹고 친구 있으면 잘 크는 거예요. 공부 잘하는 아이가 있는가 하면 노래 잘하는 아이가 있고, 운동 잘하는 아이가 있잖아요. 잘하는 걸 보세요.

심지어 아이가 연애를 한다고 고민하는 부모도 봤어요. 연애를 한다는 건 인간관계의 궁극에 도달한 거잖아요. 감성발달이 좋은 거예요. 어린아이가 "자신 없어"라고 했다고 병원에 오는 분들도 있어요. 아이들은 그게 무슨 뜻인지 모르고 말할 때가 많아요. 아마 아침 드라마에서 들었겠죠. 애가 '자신 없어'라고 하면 '큰일 났네' 하지 마시고 "어머, 그래? 자신 없어?"라면서 아이랑 신나게 놀아주세요. 엄마 아빠 말 잘 듣고 성적까지 높은 아이는 세상에 별로 없어요. 별로 없는 사람이랑 비교하면서 자꾸 나무라면 아이가 당연히 주눅 듭니다. 잘하는 걸 잘한다고 박수 쳐주시고 안아주시면 충분합니다.

> "이별을 해서 자존감이 낮아졌다는 분이 꽤 있네요.
> 사랑해줄 사람이 없어졌다는 게 자존감에 영향을
> 미치는 거겠죠?"

아까도 말했지만 이건 상실감이에요. 상실감은 지나갑니다. 순간의 느낌을 자존감과 연결시키지 않았으면 좋겠어요. 연애는 100살에 해도 어려운 겁니다. 원래 어려운 거예요. 혼자만 어려운 게 아닌데 자존감이 떨어지면 쓰겠습니까? 다시 한 번 말하지만 반대로 생각해야 해요. 사랑하는 사람이 있었고 사랑받았다! 얼마나 멋진 일입니까?

"살이 쪄서 자존감이 떨어졌다는 분은 어쩌죠? 비슷한 사연이 정말 많이 왔어요."

저도 배가 나왔다 들어갔다 하는데 배가 나왔다고 해서 나쁜 사람이 되는 게 아닙니다. 배가 들어갔다고 해서 좋은 사람이 되는 것도 아니고요. 저는 그냥 저일 뿐이에요. 나만의 아름다움을 갖는 것은 좋은 일이지만 비교하기 시작하면 힘들어집니다. 더불어서 꼭 이야기하고 싶은 게 다이어트는 심리전이에요. 내가 예쁘다는 생각에서 시작해야 성공합니다. 나는 왜 뚱뚱하고 못생긴 걸까 고민하면서 스트레스를 받으면 균형이 깨져서 마음도 엉망이 되고 살도 안 빠져요. 긍정적인 성격을 가지면 과체중이 되지 않을 확률이 높아집니다. 일시적으로 찾아오는 부정적인 느낌에 휘둘리지 않았으면 좋겠어요. 살다보면 원래 안 좋은 순간도 오는 거라고 받아들여야죠. 순간의 느낌은 지나가는 거잖아요. 우리는 존재하는 것 자체로 가치가 있는 사람이라는 걸 알고 믿어야 해요.

"우리가 그 자체로 소중한 존재라는 걸 기억하면 자존감을 높일 수 있다는 건가요?"

맞아요. '나는 소중한 존재다' 이 문장과 믿음을 마음에 심으면 좋은 느낌을 갖게 됩니다. 관계도 좋아지겠죠. 반대로 하면 망해요. 소중한 존재라는 느낌부터 받으려고 하면 만나는 사람을 불편하게 만들 수 있어요. 관계가 나빠지고 좋은 느낌도 가질 수가 없게 됩니다. 남이 나를 어떻게 대접하는가를 살피기 전에 스스로 의미 있는 사람으로서 살아가려고 노력하는 게 더 중요하다고 봅니다.

"당신은 존재 자체로 가치가 있다. 기억하고 싶은 말이네요."

결론입니다. 우리는 모두 자존감 높은 사람이다. 이기는 것이 아니라 경험 자체를 삶의 목표로 삼자. '연애를 했다, 오케이!' '도전을 했다, 오케이!!' 어때요, 간단하죠?

그는 말했다.

"이제 우리 자존감이라는 단어를 아예 쓰지 맙시다.
'내 자존감은 원래 높은 거다' 규정해버립시다.
떨어진다는 단어를 갖다 붙이니까 여러 가지로 힘들어지는
것 같아요.
'인간은 그 자체로 가치가 있다'에서 시작해야지,
비교나 실패로 흔들릴 문제가 아니에요.
문제가 생길 수는 있지만 존재 전체로 확대하면 안 돼요.
차바퀴에 펑크가 났다고 해서 엔진은 멀쩡한데
차가 엉망진창이라고 말하진 않잖아요.
차를 갖다 버릴 것도 아니고요.
확대 해석하면 힘들어져요.
문제가 생길 수는 있지만 사소한 문제 때문에 내 인생 전체의
가치가 떨어졌다고 생각하는 건 정말 별로 아닙니까?

자존감이라는 단어를 머리에서 지웁시다.
특히 '자존감 떨어진다'는 표현은 쓰지 맙시다.
오늘부터 자존감은 무조건 당연히 높은 겁니다!"

남들의 평가에
내가 흔들릴 때
『깊이에의 강요』

라디오를 하다보면 다른 사람이 보는 자신의 모습에 대한 사연, 다른 사람들의 평가 때문에 고민하는 사연이 많이 오는데 타인의 시선, 타인의 평가라는 단어를 생각하면 떠오르는 글이 있습니다.

『향수』의 작가 파트리크 쥐스킨트가 쓴 『깊이에의 강요』는 4장짜리 짧은 콩트이지만 강한 인상을 남깁니다. 주인공은 심지어 이름도 나오지 않아요. 젊은 화가라고 설명되죠. '그녀'라고 불립니다. 처음 전시회를 열었을 때 어느 평론가가 말했습니다. "당신의 작품에서 재능이 보입니다. 마음에도 와닿아요. 하지만 당신에게는 아직 깊이가 부족합니다." 무슨 말인지 모르겠어서 듣고 잊어버렸는데 이틀 뒤 신문에 똑같은 이야기가 실렸습니다. '재능도 있고, 호감도 불러일으키지만 애석하게도 깊이가 없다.' 그녀는 궁금해졌습니다. 깊이는 뭘까. 그 날 저녁 초대를 받아 파티에 갔는데 사람들이 수군거리는 소리가 들렸습니다. "그녀에게는 깊이가 없어요" "나쁘지는 않은데 애석하게도 깊이가 없어요". 사람들이 평론을 읽었던가봅니다. 그녀는 충격을 받았고 깊이가 뭘까, 나는 왜 깊이가 없을까, 어떻게 하면 깊이를 가질 수 있을까 고민하기 시작합니다. 일주일 뒤 다시 그림을 그려보기로 했지만 잘 되지 않았어요. 그러자 스스로 "맞아, 나는 깊이가 없어"라고 말하게 되었습니다. 상황은 점점 심각해졌죠. 깊이를 찾으러 사방을 헤매고 다녔지만 어디에서도 깊이가 뭔지 알 수 없었습니다. 그녀는 점점 이상해지다가 다시는 그림을 그리지 못하게 됐고 방황하던 끝에 스스로 삶을 끝냈습니다.

그러자 젊은 화가가 요절하면 흔히 일어나는 일이 발생했습니다. 사람들이 그녀의 작품 세계를 칭송했어요. 애초에 '깊이가 없다' 했던 젊은 평론가는 '그녀가 보였던 깊이에의 천착이 그녀 자신의 개인적인 문제에서 비롯됐다'고 적었습니다. '초기 작품에서부터 무자비할 정도로 자신에게 깊이를 강요함으로써 분열 성향을 보이고 있다'고까지 했습니다.

결론은, 사람들은 그냥 떠든다는 거예요. 자기가 하고 싶은 말을 할 뿐, 진실과는 관계가 없을 때가 많은데 그녀는 이제 더 이상 세상에 없네요. 계속 그림을 그렸다면 다른 이야기를 들었을 텐데, 나쁜 말을 하는 사람들보다 좋아해주는 다른 한 사람을 찾았다면 계속 그림을 그릴 수 있었을 텐데. 그러니 사람들이 뭐라고 하든 멈추지 않았으면 좋겠어요. 이번에 별로이면 다음에 잘해서 극복하면 되니까 남들이 뭐라 하든 우리는 계속 해나가면 좋겠어요.

덧붙여 '나를 싫어하는 사람에게 대처하는 법'에 대해 윤대현 교수가 했던 이야기를 전합니다.

"노력하면 된다고 하지만 세상에는 노력해도 안 되는 것이 분명히 있습니다. 특히 관계가 그래요. 모든 사람에게 다 사랑받는 것은 불가능해요. 편하고 즐겁게 살려면 모두에게 사랑받으려고 하지 말고 미움받을 용기를 가져야 합니다.
내가 아무리 사랑받으려고 노력해도 열 명 중에 두 명은 날 싫어하고 일곱 명은 관심 없고 하나는 나를 좋아해요. 반대의 경우는 어떨까요? 하고 싶은 얘기를 편하게 하고 솔직해요. 눈치 보려고 하지 않아요. 결과는? 둘은 나를 싫어하고 일곱은 관심 없고 하나는 나를 좋아합니다. 똑같다는 거죠.

생각해보세요. 괜히 좋은 사람이 있고 나에게 잘 하는데 싫은 사람도 있잖아요. 사람을 좋아하고 싫어하는 것은 상당히 많은 것들이 복잡하고 미묘하게 얽혀 있어서 내 맘이 내 맘대로 안 될 때도 많아요. 그런데 남의 마음까지 내가 어떻게 바꿀 수 있겠어요. '노력하면 다 사랑받을 수 있다'는 것은 세상이 만들어놓은 허상이에요.

기본 전제부터 바꿔야 해요. '나를 은은하게 바라봐주는 친구가 한 명만 있어도 행복하다' 내가 나를 이렇게 세팅하면 훨씬 행복할 수 있죠.

'한 명만 있어도 행복하다', 이게 진실이에요. 사실 그 한 명도 얻기 힘들어요. 그런데 전부에게 사랑받지 못한다고 힘들어하고, 자존감 떨어지고, 그럴 필요 전혀 없습니다."

관계, 무엇보다도
당신을 위해
그렇게 하세요

친구,
오래되고 자주 만난다고
좋은 친구가 아닙니다

윤대현 교수와 우리 라디오 팀은 서너 달에 한 번 회식을 가졌다. 한남동에서 열린 어느 회식 자리에서 잘 먹고 즐겁게 술도 몇 잔 했을 때 윤대현 교수가 말했다.

"요즘 제법 좋아요. 편안하고 행복해요."
"좋네요. 비결이 뭘까요? 저도 알려주세요."
"제가 사람 욕심이 있었어요. 부질없더라고요. 마음에 걸리는 게 있으면 거리를 뒀더니 이제 몇 명 안 남았어요. 근데 희한하게 약속이 빡빡할 때보다 요즘이 더 좋네요."

매주 화요일 〈해열제〉 시간.
많은 라디오 청취자들이 우정에 대해 윤대현 교수에게 질문을 했다. 다정한 말을 기대했겠지만 윤교수의 입장은 단호했다. 오래됐다고 좋은 친구 아니고, 자주 만난다고 좋은 친구가 아니다. 잘 맞아야 좋은 친구라는 거였다.

"딱 하나만 빼고 최고의 친구인데, 그 딱 하나가 저를 힘들게 합니다."

진짜 좋은 친구가 맞는지 다시 한 번 생각해봐야겠는데요? 좋은 친구라면 내 마음을 알아야 하는데 내가 싫어하는 행동을 계속한다면 나에게 관심이 있는 게 맞는 걸까요? 나를 소중히 여기는 걸까요?

일단 한 번 뭐가 불편한지 말해보시는 게 좋겠습니다. 조심을 한다든지 그 행동을 고친다면 좋은 친구고 아니면 거리를 두어야죠. 그것이 우리가 No라고 말해야 하는 이유 중에 하나입니다.

친구 지도를 만들어보세요. 1단계 나와 아주 잘 맞는 친구, 2단계 하나만 안 맞는 친구, 3단계 여러 가지가 안 맞는 친구, 4단계 죽을 때까지 안 만나야 하는 친구. 2단계 친구를 갖고 계신 겁니다. 2단계 정도의 우정을 나누시면 돼요. 1단계 친구가 최고의 친구입니다. 1단계 친구에게는 잘하려고 노력을 기울이는 게 좋습니다. 쉽게 만날 수 있는 사람이 아니니까요. 나를 알아주는 사람 단 한 명만 있어도 한결 사는 것이 나아지는데 그 한 사람이 없어서 인생이 힘들어지는 것입니다.

오래된 친구가 좋다는 말은 함정입니다. '오래됐으니까 나에 대해서 많이 알아서 좋다'고 하지만 나는 매일 변해가고 있잖아요. 계속 새로운 사람을 찾으려는 부지런함이 필요합니다. 제가 생각할 땐 정확히 5:5인 친구가 좋아요. 내가 하나를 하면 상대가 하나를 하고 내가 하나를 주면 상대가 하나를 주어야 즐겁게 만날 수 있는 좋은 친구가 됩니다. 만 원을 주고 만 원을 받는 관계를 말하는 것이 아닙니다. 서로 줄 수 있는 것을 주면 돼요.

> "친구가 저를 감정 쓰레기통으로 만들고 있어요. 매일 상담을 해달래요. 유난히 신세 한탄이 많고 자꾸 전화해서 몇 시간이나 이야기를 하는데 들어보면 별 이야기도 아니에요. 걱정시켜 놓고 자기는 아무렇지도 않게 잘 지내요."

좋은 관계를 갖고 싶으면 잘 들으라고 하잖아요. 그런데 더 중요한 건 골라 듣는 거예요. 좋은 얘기도 계속 들으면 지치는데 신세 한탄은 어떻겠습니까? 돈 받고 남의 이야기를 듣는 것도 힘들어요. 그런데 무료라니. 하루 이틀도 아니고.

저는 좋은 우정은 공평해야 한다고 생각합니다. 이쪽에서 하나를 주면 상대도 하나를 해줘야 관계가 오래가는데 이런 분들은 관계를 일방적으로 갖고 갑니다.

들어주는 분들은 주로 따뜻한 사람이에요. 상대가 마음을 열면 '내가 꽤 좋은 사람인가보다' 싶어지죠. 함정입니다. 시작은 따뜻해도 시간이 지나면 꼬이기 시작합니다. 나중에 가서는 발 빼기도 힘들고요.

서로 주고받는 것이 비슷해야 관계가 오래간다는 건 몇 번을 강조해도 부족하지 않아요.

> "친구가 저에게 잘못을 했는데 '내가 잘못했으면 미안해'라고 하네요. 분명 사과를 받았는데 왜 화가 나죠?"

제대로 된 사과가 아닌 경우, 오히려 더 화가 납니다. 사과에는 4단계가 있습니다.

1 미안해
2 내 잘못이야
3 다시는 안 그럴게
4 지금까지 내가 잘못한 걸 보상할게

부부,
아내와 남편도
여자와 남자입니다

〈해열제〉코너 앞으로 가장 많이 도착한 것은 부부문제 고민이 있었는데 듣다보면 영화 〈비포 미드나잇〉이 떠올랐다. 주인공 제시와 셀린느는 영화 내내 치열하게 싸우다가 행복하던 시절의 이야기를 하며 웃었다. 싸우던 시간은 길었지만 화해는 순식간이었다.

특히 인상적인 것은 아이 낳고 아옹다옹 살면서도 제시와 셀린느가 서로에게 남자와 여자이기를 바랐다는 것이다. 상대가 나를 보며 설레기를 바라고, 남녀로서 합의가 되지 않는 부분에는 치열하게 격돌한다.

"남편과 아내이지만, 남자와 여자로 서로의 앞에 서는 시간은 꼭 필요합니다."

갈등하는 부부에게 윤대현 교수가 매 시간 당부하는 말이었다.

생활 육아 공동체로 서로를 보지 않고, 사랑했고 헤어지기 싫어서 평생을 같이 살기로 결심한 남자와 여자로서 서로를 바라보는 시간이 필요하다는 말이었다.

더불어 그는 "남자는 원래 그런 존재입니다"라는 말을 많이 했다. 관습적 해석이 아니었다. 뇌를 분석해보면 남자와 여자의 뇌가 명백히 다르다는 이야기였다.

사랑을 테마로 주말 서점을 열다보니 다양한 이들이 찾아와 사랑이나 관계에 대해 물었다. 나는 조언하는 대신 책을 권한다. 심리학을 비롯해서 문화인류학, 동물학에 대한 책도 있다. 인간은 기본적으로 동물이기 때문이다. 많은 문제가 남녀 차이에서 비롯되는데 막연히 '남자와 여자의 뇌가 다르다더라'고 생각하는 것과 의학이나 과학책을 보며 사실을 마주하는 것은 다른 문제다. 상당히 큰 차이가 있다. 다르다는 것을 인정해야 더 깊은 이해가 시작되고 이해하면 갈등이 줄어든다. 인정하지 않으면 오해만 계속될 뿐이고.

예를 들어 '내 남편은 왜 물건을 제대로 찾지 못하는가. 나에게
는 한눈에 보이는데.'라는 여성들의 질문도 조금만 공부하면
답을 찾을 수 있다. 문화인류학과 뇌과학이 도움이 된다.

여자와 남자는 긴 시간에 걸쳐 문화적 사회적으로 역할이 달랐
고 뇌는 다른 방향으로 진화해왔다. 공부하면 답을 알게 되고
답을 알면 한결 마음이 편해진다.

그러니 사랑 때문에 속상해하는 많은 사람들에게 쓱 책을 내민
다. 서점 주인으로서 사랑을 공부하기보다는, 사람을 공부하
는 쪽을 권하고 싶다.

"사랑해서 결혼했는데 육아도, 회사생활도 지치지만 남편과 있을 때 가장 지칩니다. 자꾸 싸우고 남편이 한심해 보여요."

아이가 태어나면 여성분의 모성애 때문에 남편과 아이 순위가 바뀔 수 있죠. 그 남자를 너무나 사랑해서 아이가 나온 건데, 남편이 '내 아이를 키우기 위해 필요한 사람'이 되기 쉽습니다. 그러다보면 둘이 따로 데이트할 시간도 갖지 않고 해서 문제가 생겨요. 다시, 남자와 여자로 만나려는 노력이 필요합니다. 부부는 애 키우는 동호회가 아니에요. 애들 다 독립하고 나면 둘이 어떻게 지내려고 이러십니까. 일주일에 한 번, 최소한 한 달에 한 번 아이 없이 둘이만 데이트를 해보세요. 대신 규칙을 정하는 겁니다. 만나서 아이 이야기는 하지 말기. 영화를 보러 갔으면 영화 이야기를 하고, 음악회에 갔으면 음악 이야기를 하기. 남녀로서의 매력이 떨어진 게 아니라 '엄마 아빠로 산다'는 게 워낙 큰일이다보니까 이런 일이 발생하는 겁니다. 다시, 남자와 여자로 서로의 앞에 서봅시다.

"출산을 기점으로 남편과 사이가 멀어졌어요. 각방을 쓴 지 오래 됐는데 요즘 들어 남편과 관계를 회복하고 싶네요."

189

비슷한 고민들 많이 하세요. 남자와 여자로 사랑해서 결혼했는데 '엄마 아빠 동호회'가 되면서 이런 문제가 생기는 거죠. 부부가 각방 쓰면 남남이 될 소지가 있어요. 너무 헤어지기 싫어서 결혼하고 아이 낳은 거잖아요. 아이가 사랑의 결과물인데 아이 때문에 멀어지면 곤란하지 않습니까? 오래된 친구를 생각해보세요. 오래됐고 서로 좋아하더라도 자주 만나지 못해서 생활을 공유할 수 없으면 결국 멀어지거든요. 부부도 똑같아요. 남편 아내지만 남자 여자잖아요. 공유된 게 있어야 하거든요. 안 보면 잊히는 건 부부에게도 해당됩니다. 아이들이 크고 나면 다시 둘이 남자와 여자로 만나야 해요. 그때 가서 노력한다고 되는 일이 아니에요. 지금부터 노력합시다. 일단 방을 같이 쓰는 게 어떨까요? 남편과 대화를 나눠보는 것도 좋습니다. 이유가 뭔가. 따로 자니까 잠이 잘 오나. 자유를 원하나. 자기만의 공간을 원하나? 남자들은 자기만의 공간을 원할 수 있어요. 작은 공간이라도 만들어주면 좋아할 겁니다. 남편분에게 하고 싶은 말이 있습니다. 같이 방에서 자고 싶어 하는 아내가 있다는 게 얼마나 좋은 겁니까. "나가!"라는 아내도 얼마나 많은데요.

"남편은 왜 제가 말을 하면 대답을 안 하는 걸까요?"

추적자 아내, 도망자 남편이라는 용어가 있어요. 서양에서도 부부상담 케이스 1번이라고 합니다. 아내가 말하면 남편이 도망을 친다, 대답을 안 한다는 건데 워낙 과묵해야 한다고 교육받은 것도 문제고 정답을 몰라서 말을 못하는 경우도 있습니다. 여성들은 정답을 원하는 게 아니라 대화 나누는 것 자체를 원하는데 남자들은 답을 하지 못하는 대화는 가치가 없다고 배워서 그래요.

아내가 넋두리를 할 때가 있는데 그건 남편을 비난하려고 하는 게 아니라 공감과 위로를 위해서 하는 말이거든요. 그런데 남편은 다르게 생각해요. 내가 무능해서 이 여자를 힘들게 하고 있구나, 속상해하면서 도망을 가죠. 남편이 도망가면 아내는 추격하고 불만이 많아지고 그럴수록 남편은 더 도망가고, 악순환이 연속됩니다. "당신 많이 힘들었겠구나" 공감하는 한 마디면 되는데 말이죠. 남자와 여자가 많이 달라요. 다른 걸 인정하는 것만으로도 많은 문제가 해결됩니다.

"아내가 퇴근하고 대화 좀 하자고 합니다. 무섭고 떨려요."

전 세계 남자들이 가장 두려워하는 바로 그 말을 들으셨군요!
힘들어도 서로 잘 지내려면 해야만 하는 것이 대화입니다. 제
가 팁을 하나 알려드릴게요. 끝말잇기입니다. 아내의 마지막
단어를 따라 해보세요. "여보, 나 힘들어." – "맞아, 힘들었지!
많이 힘들었어?", "여보, 나 그 사람이 미워." – "맞아. 그 사람
미워." 마지막 말만 따라 해도 아내는 공감 받고 있다 느끼고 한
결 편안해질 겁니다. 비겁하게 트릭을 쓰자는 게 아니에요. 남
성들이 워낙 못하는 거라 확실한 지름길을 알려드리는 것뿐!

> "그러려고 한 건 아닌데 남편과 얘기하다보면 자꾸
> 싸움이 되네요."

감정이 섞이지 않은 중립적인 단어를 정해보세요. 예를 들어
'라면'. 서로 이야기를 하다가 화가 나면 '라면!'이라고 말하는
겁니다. 즉시 대화를 중지하고 각자 방으로 들어가서 내가 정
말로 전하고 싶은 게 뭔지 다시 생각한 다음에 돌아와서 대화
를 재개하면 좋습니다. 별거 아닌 것 같지만 효과가 엄청 좋아
요. 부부가 대개는 싫어서 싸우는 게 아니니까요. 더 좋은 것은
시간을 정해보세요. 오늘은 남편이 아내 이야기만 들어주는
날. 다음 날은 아내가 남편 이야기만 들어주는 날. 한결 관계가
부드러워질 겁니다.

"아내랑 별거 아닌 걸로 싸워서 냉전 중입니다."

별거 아닌 것이 아닐 겁니다. 적어도 아내에게는요.

"제가 옆에 가면 아내가 짜증을 냅니다."

옆에 가면 짜증 나는 상황인데 옆에 가는 것일 수 있습니다. 아
내를 화나게 하는 상황이 뭔지를 알아야 합니다. 남자는 갈등
이 생기면 아내를 끌어안는 것으로 해결하려는 경향이 있는데
여자들은 그러면 짜증을 냅니다. 먼저 이야기를 들어주고 감
싸주기를 원합니다.
아내에게 물어보세요. "내가 옆으로 가도 될까?" 아내가 "아
니!"라고 하면 다시 물어보세요. "그럼 내가 어떻게 하면 옆으
로 갈 수 있어?" 아내가 이야기를 시작할 겁니다. 잘 들어주세
요. 그러면 옆에 갈 수 있어요. 옆에 가기 위해서는 옆에 가고
싶은 마음을 꾹 참고 이야기부터 들어야 합니다. 원하는 순서
에 맞춰야 합니다. 선대화, 후터치, 순서를 지켜주세요.

"신랑이랑 대화하다보면 자꾸 옛날이야기를 하게
됩니다. 서로 기분 상할 수 있는 이야기를 저도 모르
게 꺼내게 돼요."

싸움을 거는 게 아니라 공감받고 싶어서 그럴 겁니다. 자신에게 신경 쓰고 있다는 걸 확인하고 싶은 거죠. 오히려 둘이 분위기 좋은 시간에 그런 말들이 툭 튀어 나올 거예요. 10년 전 사례인데, 제가 아는 분이 아내와 좋은 시간을 갖고 싶어서 이탈리아 여행을 가시겠다는 거예요. 제가 말했어요. "3일쯤 되면 아내분이 분위기 좋은 카페에서 오래전에 속상했던 이야기를 꺼내실 겁니다. 그때 화내지 말고 듣고 계세요. 내 마음을 만져달라는 거지, 당신을 비난하겠다는 뜻이라는 걸 알아두셔야 합니다." 여행 다녀오셔서 정말 딱 3일째 그 일이 일어났다고, 모르고 갔으면 싸웠을 텐데 잘 참고 좋게 넘겼다고 하시더라고요. 정말이지 둘이 사이가 좋을 때 그런 순간이 찾아옵니다. 분위기가 좋으니까 더 공감받고 싶어서요. 사람들은 내가 속상한 걸 말할 때 잘 받아주면 공감받고 있다고 느낍니다. 그래서 속상한 이야기를 하는 거지, 비난하려는 뜻이 아니라는 걸 아셔야 합니다.

"남편과 싸웠어요. 화해하고 잘 지내고 싶은데, 남자들은 칭찬을 좋아한다면서요. 근데 이 사람은 칭찬할 구석이 별로 없고요, 맘에 없는 말을 하는 것도 힘이 드네요."

남자는 원래 칭찬할 구석이 별로 없는 존재예요. 그래도 칭찬하면 좋아해요. 칭찬하기 힘든데 칭찬할 거리를 찾아서 칭찬해주는 것도 사랑이죠. 사랑에는 노력이 필요하잖아요. 안 그래요?

"남편이 라면도 못 끓여요. 20년을 어디 놀러 가지도 못하고 밥하는 여자로 살았습니다."

가출하세요. 남편의 성숙을 위해서라도요. 그동안 너무 고생하셨습니다.

"우리 남편, 아이를 보라고 하면 아이를 정말 보기만 합니다."

남자는 원래 보라고 하면 보기만 하는 존재예요. 남자들에게는 구체적으로 말해줘야 해요. 몇 시부터 몇 시까지는 목욕을 시키고, 몇 시부터 몇 시까지는 책을 읽어줘라 등등. '보라'고 하면 '열심히 보기'만 하는 것이 우리 남성들입니다.

"남편에게 뭘 시키면 한 번은 해주는데 그다음엔 막 화를 내네요."

일단은 좋은 마음으로 해주지만 계속되면 불안을 느끼면서 두 가지 마음이 들 겁니다. '계속 시키는 거 아닌가?' '나를 만만하게 보나?' 이럴 땐 칭찬을 한 번 해주셨어야 합니다. 왜 칭찬을 빼놓으셨어요?! 칭찬을 한 번 해준 다음에 일을 시키세요. "이렇게 아내를 잘 도와주는 남편이 있을까?"라고 말한 다음에 필요한 걸 이야기해보세요. "이따 점심때 당신이 좋아하는 비빔국수 해줄까?" 등등 당근을 먼저 주시는 게 좋아요.

> "아내가 분리수거를 못해요. 출장 갈 때 마음이 불편해서 몇 번을 이야기해도 안 들어요."

이건 타협이 안 되는 게임이에요. 듣지 않으려고 하신다면서요. 과연 아내분이 진짜로 정말로 분리수거를 못하는 걸까요? 포기하시고 대신 다른 걸로 협상을 해보시면 어떨까요? "내가 분리수거 열심히 할게. 대신 한 달에 하루 나에게 자유시간을 줘." 어떨까요?

> "남편이 매일 술을 마셔요."

제가 제일 약한 걸 물어봐주셨네요. 술은 만만한 물건이 아닙니다. 뚜껑을 따서 마시면 바로 이완이 되거든요. 대단한 노력이 필요 없어요. 술을 줄이게 하려면 다른 걸로 스트레스를 풀게 해야 하는데 다른 취미를 만드는 건 시간 내서 노력해야 하니까 어렵거든요. 혼자서는 하기 힘들 테니까 아내분이랑 운동이라든가 취미생활을 같이 하시면 좋겠네요.

더불어 남편분께 드리고 싶은 말씀이 있습니다. 아무리 많이 마셨어도 안 마신 것처럼 굴어야 해요. 저는 보통 금요일에 술을 마셔서 토요일에는 해장국이 필요한데 아내는 핫케이크 먹으러 나가는 걸 좋아해요. 저는 힘들지만 핫케이크를 먹습니다. 그래야 계속 술을 마실 수 있거든요.

잔소리 해주는 아내가 있다는 건 고마운 겁니다. 아내의 잔소리가 끊겼다는 건, 나를 더 사랑하게 되어서가 아닙니다. 사랑이 식었다는 뜻입니다.

> "동창회 다녀온 아내. 반가운 친구를 만났다고 했는데 휴대전화를 봤더니 남자동창이었습니다. 왜 여자친구를 만난 것처럼 했을까요? 저를 속 좁은 남자로 만드네요."

일단 부부끼리 휴대전화를 보지 않으면 좋겠습니다. 누구에게나 비밀은 있고, 비밀을 지키는 것은 거짓말이거든요. 완벽한 사랑을 꿈꾸면서 비밀을 갖지 말자고 하지만, 오히려 가깝기 때문에 더 강한 비밀이 있을 수가 있습니다. 많은 분들이 저에게 찾아와서 세상 누구에게도 말하지 않은 비밀을 이야기할 때가 있습니다. 제가 전혀 상관없는 사람이기 때문이죠. 오히려 부부 사이에서 모든 걸 열어서 보여주고 나면 내가 아무리 아니라고 해도 상대는 오해할 수 있어요. 일단 보고 나면 수습하기 힘이 듭니다.

하지만 일단 봤으니까 이 상황에선 최대한 쿨하게 자신의 멋과 품위를 유지하면 좋겠습니다. 마음이 많이 복잡하면 "남자친구 잘 만났어?" 정도로 '나는 이해하는 남편'이라는 뉘앙스로 폼 잡고 말을 하시면 어떨까 싶습니다. 화는 화를 내야 할 상황이 생기면 그때 내도 되니까 지금은 우아함을 유지합시다.

> "신랑과 신뢰가 깨졌어요. 한 번 더 믿어 달라고 해서 남들 보기에는 행복한 듯 살고 있지만 마음속으로는 늘 신랑을 의심합니다. 더 이상 스트레스 받기 싫어서 차라리 이혼할까 싶기도 해요. 주변에서 상담을 권하는데 제 생각에 남편은 변하지 않을 것 같아요."

상담 결과 남편분은 달라지지 않더라도 본인은 달라질 수 있습니다. 혼자서 내 마음이랑 이야기할 기회가 생각보다 별로 없거든요. 상담사가 얘기하는 것도 듣겠지만, 무엇보다 내가 나와 대화하는 시간을 갖는 겁니다. 나를 위해 시간과 노력과 돈을 투자한다는 생각에 마음이 위로받는 측면도 있고요.

이혼을 할까, 말까. 두 마음이 다 있는 경우 일단 마음을 한쪽으로 먹어보시는 게 좋아요. '이혼을 한다'로 마음을 정해보세요. 이혼을 하는 상황을 구체적으로 그려보시고. 책도 찾아보시고, 변호사도 만나보고, 대차대조표도 만들어보세요. 이혼은 결정이지 결과물이 아닙니다. 남편이 싫지만 이 사람과 헤어진다고 반드시 행복해지는 건 아니거든요. 구체적으로 그림을 그려보고 이성적인 판단을 할 기회를 자신에게 주세요. 그냥 사는 게 낫다면 그 안에서 최선을 다해보고, 헤어진 뒤를 그려보니까 그쪽이 훨씬 좋겠다 싶으면 그때 헤어지세요.

50대 50을 하는 것이
평등이
아니에요

가사나 육아 혹은 재산에 대해서 똑같이 분배해야 공평한 거라며 많은 사람들이 말합니다.

"왜 똑같이 나누지 않지? 공평하지 않잖아."

셰릴 샌드버그. 구글의 부사장을 지내다가 페이스북의 COO로 영입된 사람. 마크 저커버그보다 연봉이 높아 화제가 되기도 했습니다. 성공한 기업가로서 셰릴은 여러 자리에서 양성평등에 대해 언급해왔는데요, 가정 내 양성평등에 대해도 흥미로운 이야기를 했습니다.

"50 대 50으로 서로 똑같이 하는 것이 평등이 아니라고 생각합니다.

부부간의 평등이란 남편이 하나를 하면 아내가 하나를 하는 양적인 동등함을 말하는 것이 아닙니다. 제가 중요한 시기를 맞이하면 남편이 일을 줄이고 아이들을 돌봤습니다. 반대로 남편이 일을 더 해야 하는 시기가 되면 제가 집안일과 육아를 더 했습니다. 오히려 우리는 그것이 더 평등에 가깝다고 생각했습니다."

관계를 오래 좋게 가지고 가려면 공평해야 한다는 말에는 동의하지만 무엇이 평등한 것인지는 다시 생각해볼 여지가 있는 것 같습니다. 셰릴의 말처럼 50 대 50을 하는 것이 평등을 의미하는 것이 아닐 수도 있으니까요.

비밀을
비밀로 두는 용기
〈45년 후〉

비밀이 없어야 진짜 사랑이라는 말을 들었습니다. 다른 한편
으로는 사랑하는 사람의 비밀을 알게 됐는데 감당할 수 없어
괴로워하는 사연도 봅니다. 사랑과 비밀, 어쩌면 좋을까요.

영화 〈45년 후〉는 비밀이 사랑과 관계에 미치는 영향에 대해
이야기하고 있습니다.
케이트와 제프는 남들이 부러워하는 결혼생활을 해왔어요. 정
서적으로 다정하고 지적으로 교류가 풍부했으며 서로에게 성
실했고 풍요로웠죠. 요즘은 45주년 결혼 기념 파티를 준비하
는 중입니다.
우아하게 나이 든 금슬 좋은 부부에게 문제가 생긴 것은 부고
를 담은 편지 한 장 때문이었어요. 결혼 전 남편 제프에게는 첫

사랑이 있었습니다. 같이 알프스 등반을 갔다가 여인이 실종되었습니다. 50년이 지났으니 다 끝난 일이라 생각했는데 얼음 속에 갇혀 있던 시신이 이제 와서 발견된 겁니다. 편지를 받던 날부터 제프가 흔들리는 것 같아 케이트는 불안했습니다. 불안해서 남편이 자리를 비운 틈에 그의 아지트인 다락방에 올라가봤어요. 편지가 도착한 뒤 제프는 자꾸 다락방으로 올라가 혼자 시간을 보내곤 했습니다.

올라가보니 영사 장치에 필름이 걸려 있습니다. 그걸 돌려보았어요. 제프와 첫사랑 사이의 시간이 담겨 있었죠. 놀랍게도 사진 속의 첫사랑은, 케이트의 젊은 시절과 상당히 닮아 있었습니다. 케이트는 혼란에 빠졌어요. 제프가 사랑에 빠진 것은 케이트가 맞았을까요? 혹시 첫사랑을 닮아서는 아니었을까요? 그는 왜 비밀을 가졌던 것일까요.

45년이나 다정했지만 순식간에 케이트는 제프가 낯설어졌습니다. 힘들어하는 케이트를 제프는 이해하지 못했어요. 제프 입장에서는 45년간 사랑했던 여인이 분명 케이트였으니까요. 일상의 면면을 알뜰하게 나누었는데 이제 와서 무슨 걱정을 하는 것인지 제프는 케이트의 복잡한 심정을 이해하지 못한 채, 살아온 방식대로 살아가기를 원했습니다. 두 사람 사이의 균

열은 쉽게 메워지지 않았죠.

영화는 질문합니다. '진실'이라는 이름 아래 봉인되었던 비밀을 꺼내는 것은 과연 옳은 일일까? 사랑이 훼손된다고 해도 진실이 먼저인 것일까? 사랑을 훼손하는 진실은 과연 의미 있는 것일까? 케이트가 보고 있는 것은 진실일까? 45년간 오직 당신이었다고 말하는 제프가 진실은 아닐까?

어쨌거나 판도라의 상자를 열어버린 케이트의 표정은 쓸쓸하기만 하고, 두 사람을 감싼 공기는 더 이상 온화하지 않았습니다. 공허한 잿빛 공기 속에서 그들은 살게 될 것 같습니다.
영화는 질문하는 듯합니다. '그런데도 비밀을 갖는 것은 나쁜 일일까? 혹여 비밀을 비밀로 묻어두는 것이 사랑을 지키는 데 필요한 용기는 아닐까? 사랑이 하는 말을 사랑으로 믿는 용기는 또 어떨까.'

두 사람 몫의 고독을
끌어안는 일
『우리는 서로 조심하라고 말하며 걸었다』

결혼해서 사랑하는 사람과 같이 있는데 왜 고독하냐고 묻는 사람들을 만납니다.

『우리는 서로 조심하라고 말하며 걸었다』, 장석주 박연준 시인 부부가 쓴 시드니 여행기입니다. 장석주 시인의 서문이 특히 좋았습니다. 그는 결혼이 고독을 없애준다고 하지 않았습니다. 오히려 사랑이나 결혼은 1인분의 고독이 2인분의 고독이 되는 일이라고 말했습니다.

어느 날 여인이 남자에게 말합니다. "당신을 사랑해요." 남자는 놀랐습니다. 기쁘고 두근거렸지만 한편으로는 망설입니다. 남자는 자신을 사막에 흐르는 와디에 비유했습니다. 와디는 우기 때 비가 왔던 흔적만 남은 사막의 강을 말합니다. 사랑이 비가 되어 말라버린 강을 채우고 남자의 메마른 뿌리를 적신다면 어떨까. 잎이 올라오고 꽃이 핀다면 어떨까. 남자는 상상했습니다. 분명 고마울 테지만 남자가 흔쾌히 여자의 사랑을 받아들일 수 없었던 것은 자신이 오래 혼자 살아온 사람이기 때문이었습니다. 혼자 잠들고 혼자 깨고 혼자 걷던 1인분의 인생을 자연스러운 것으로 받아들이며 살아왔는데 새삼 2인분의 삶을 살 수 있을까요?

남자는 여자에게 거리를 두었지만 사랑은 계속 커졌습니다. 남자는 자신이 품고 있는 1인분의 고독을 들여다봅니다. 거기, 두려움이 있었습니다. 자유와 고요를 잃을까봐 남자는 두려웠던 거죠. 하지만 결국엔 사랑이 두려움을 이겼습니다. 남자는 용기를 내서 2인분의 고독을 끌어안았습니다.

함민복 시인의 「선천성 그리움」이라는 시를 좋아합니다. 아무리 깊이 끌어안아도 두 개의 심장은 하나가 되지 않습니다. 사랑할수록 커지는 쓸쓸함도 있습니다. 사랑이나 결혼 혹은 결합은 종종 존재를 구원하지만 고독을 완전히 지워주지는 못합니다.

우리는 하나가 아니라, 늘 둘이었으며
두 개의 심장은 아무리 깊게 안아도 하나가 되지 않고
고독한 사람과 고독한 사람이 만나니 고독이 사라지지 않고
오히려 2인분의 고독이 되었다는 말.

저는 이 말들이 좋습니다. '오히려 더 큰 고독을 끌어안는 일이
사랑'이라고 생각하면 우리는 사랑에 대해 헛되이 실망하는
대신, 함부로 지쳐버리기를 멈추고 오히려 편안해지지 않을까
싶어서요.

가족에 대하여 그는 말했다.

"부모님께 잘하는 것은
부모님을 위해서만이 아니에요.
자기 자신을 위해서 그렇게 해야 해요.

정해진 시간이 끝나면 우리는 이별해야 하고
슬픔은 살아 있는 사람들의 몫이 되겠죠.
미련은 후회를 만들고 결국 아픔이 됩니다.

잘해드려야 잘 보내드릴 수 있어요.
좋은 것을 많이 나누세요.

무엇보다도, 누구보다도
미래의 나 자신을 위해서
그렇게 하는 것이 좋아요."

가족을 사랑합니다
누구보다도
나를 위해서

어느 날 윤대현 교수가 돌아가신 아버지 이야기를 했다. 아버지
에 대한 사연이 도착해서였다. 늘 웃던 얼굴이 쓸쓸해 보였다.

"아버지가 1년 못 넘기실 거라는 말을 들었을 때, 시간을 내서
평소보다 많이 만나려고 노력을 했는데도 돌아가시고 나서 많
이 힘들었어요. 오히려 점점 더 힘들고 보고 싶고, 더 맛있는 것
들을 사드릴걸 그랬다는 생각이 많이 들어요. 그래도 뭔가 해
드릴 기회가 있어서 다행이었어요. 슬픔은 살아 있는 사람들
몫이고, 못 해드린 게 많을수록 후회가 남아서 힘들어지잖아
요. 그러고 보면 효도는 다른 사람보다도 나를 위해서 해야 하
는 거 같아요. 그래야 잘 보내드릴 수 있으니까. 무엇보다도 나
를 위해 부모님을 위해 시간을 내서 웃어주세요. 자식의 웃음

이 부모에겐 가장 큰 행복이니까요."

가족에 대해 말할 때 윤대현 교수는 '무엇보다도 나 자신을 위해 잘해야 한다'는 문장을 자주 사용했다.

부모에게 잘해야 한다.
돌아가시면 후회가 남는다.

아이에게 잘해야 한다.
아이가 나를 보고 웃는 것이 최고의 행복이다.

아내에게 잘하자.
나이 들어 잘하려고 하면 아내는 이미 멀어지고 없다.

일찍부터 시간을 내서 잘해야 한다.
무엇보다도 나를 위해서 그렇게 해야 한다.

얼핏 보면 사소한 생각의 전환인 것 같지만, 마음은 크게 달라진다. 상대를 위해 잘한다고 생각하면, 나를 희생하는 것 같아 보상심리를 갖게 되지만 나를 위해서 잘한다고 생각하면 한결 마음이 가볍고 흔쾌해졌다.

"일흔 넘은 아버님이 어서 결혼하라고 매일 전화로
　　　잔소리를 하십니다."

역할, 관계, 여가. 이 세 가지가 있어야 사람은 행복하다고 합
니다. 지금 아버님은 '아버지'라는 역할을 수행 중이신 겁니다.
굳이 말하자면 가수가 콘서트를 하듯이 자식에게 전화를 하시
는 겁니다. 아버지로서의 역할을 잘 수행해야 그분은 행복할
수 있습니다. 그러니 받아주는 게 효도입니다.

　"예, 알겠습니다. 노력하겠습니다"라고 내답하시고, 결혼은 좋
은 사람이 생겼을 때 하시면 됩니다. 더불어 한 가지 팁을 드린
다면 부모님이 "별일 없냐?"고 물으실 때 "별일 없어요."라고
대답하지 말고 "이건 어떻게 하는 것이 좋을까요?" 사소한 질
문이라도 던지고 조언을 구하시면 좋습니다. 부모님께 역할이
생기는 것이니까요.

　　　"아버지와 사이가 안 좋아요. 인연을 끊고 싶을 정도
　　　입니다."

비슷한 문제가 생기는 집을 보면 부모님은 자식이 자신에게 맞
추기를 바라시거든요. 절대 당신들이 자식 눈높이로 내려가려

211

고 하지 않으세요. 하지만 자식은 아무리 노력해도 절대로 부모님 나이가 되어볼 수 없잖아요. 이해하고 맞추기가 절대 쉽지 않습니다.

하지만 지금의 감정으로 인연을 끊고 지내다가 아버님이 돌아가시고 나면 정말 후회가 될 거예요. 너무 잘하려고 할 필요는 없지만 본인 자신을 위해서라도 '아버지에게 이 정도는 해드릴 수 있다' 싶은 정도까지는 하면 좋겠어요. 억지로 관계를 회복하려고 노력할 필요는 없습니다. 오히려 더 부딪힐 수 있거든요. 자신이 할 수 있는 정도까지만 하시면 됩니다. 적당히 거리를 두는 것이 절대 나쁜 게 아니에요. 오히려 관계를 위해 필요할 수 있습니다. 같이 사는 자녀와는 싸우는데 이민 간 자녀와는 잘 지내는 분들이 많잖아요. 거리가 필요할 때가 있어요. 가까이 지내는 건 마음이 풀린 다음에 하면 되니까, 잘 지내려고 너무 억지로 애쓰지는 않으셨으면 좋겠네요.

> "갱년기 엄마가 시도 때도 없이 화를 내서 집에 가기 싫어요."

화를 많이 내는 건 섭섭한 일이 많아서 그래요. 갱년기가 되면 호르몬 변화도 있고, 아이들도 독립하고, 모성애도 적어지고,

지나간 인생을 돌이켜보게 되면서 허무를 느끼기 쉬워요. 미워서 화내는 게 아니에요. 더 사랑해달라고 화내는 겁니다. 한 달에 한 번 정도 시간을 정해서 어머니와 데이트하고 식사도 하시면 좋아요. 어머니가 나랑 안 놀아줄 거냐고 화를 내신 다음에 놀아드리면 효과가 떨어집니다. 규칙을 만든 다음에 꼬박꼬박 지키면 신뢰감이 생겨서 어머니도 안정되실 겁니다. 단! 잘하고 싶은 마음에 "자주 만나요. 일주일에 한 번씩 나랑 놀아요." 하지는 마세요. 죽었다가 깨어나도 지킬 수 있는 약속만 하세요. 규칙을 정해서 정확한 때 정확한 행동을 하면 편안해하실 겁니다.

더불어, 어머님께 드리고 싶은 말씀은 스스로 기분을 풀 수 있는 방법을 연구하셔야 한다는 겁니다. 섭섭하다고 자꾸 말하면 사람들이 만나고 싶어 하지 않아요. 부담스럽거든요. 점점 외로워집니다. 스스로 기분을 풀 수 있는 방법을 연구하셔야 해요.

> "많이 콤플렉스에서 벗어나고 싶어요. 결혼도 하고 제 삶에 충실해야 하는데 부모님 노후며 동생들 결혼까지 가족에게 먼저 신경이 쓰입니다. 나보다 가족을 먼저 생각합니다."

가족을 사랑한다는 것은 아름다운 일이지만 '맏이 콤플렉스'에서 벗어나고 싶다는 말이 나오는 걸 보면 속에 쌓인 답답함이 있는 듯하네요. 이 상태가 되면 겉으로도 티가 날 거예요. 예를 들어 동생들에게 잔소리를 한다거나 생색을 낸다거나 할 수 있는데 그러지 않으려고 훈련을 해야 합니다. 의외로 관계에 있어 가장 좋은 것은 따뜻한 말 한 마디인데, 말이라는 게 상대에게 약간 미안한 감정이 있어야 다정하게 나가거든요. 다른 가족들은 더 주는 연습을 해야겠고, 본인은 상대에게 뭔가를 해주고 싶어도 한 박자 기다리는 연습을 해야 합니다. 사랑이라는 게 받을 때도 좋지만, 줄 때도 행복한 거잖아요. 다른 가족들도 '주는 행복'을 가질 수 있게 기다려주세요. 주는 게 빠른 사람과 함께 지내다보면 그들도 본의 아니게 받는 게 버릇이 될 수 있어요. 주는 사람은 계속 주느라고 지치고, 둘 사이에 섭섭함이 쌓일 수 있죠. 가족들에게 사랑을 줄 수 있는 시간과 기회를 주세요. 사랑을 받는 것에도 연습이 필요합니다.

> "부모님이 동생의 결혼을 반대했더니 동생이 집을 나가서 연락을 끊었어요. 그러다 갑자기 전화를 해서 식 안 올리고 살 거라고 통보를 해왔네요. 반대하셔도 상관없다면서요."

비슷한 일을 겪은 어른이 주변에 계셨습니다. 부드러운 소통을 한 번도 해본 적이 없는 분이었어요. 편지를 써보라고 했더니 써오셨는데 마음은 화해하고 싶으면서도 편지 내용은 다시는 안 보겠다는 글 같았습니다. 내가 너를 사랑해서 그랬으니 이해해달라, 결정을 존중한다고 적으시라고 했죠. 결국 화해하셨습니다.

부모가 무조건 지는 게임이라는 걸 인정해야 합니다. 부모님 가치관과 맞지 않더라도, 가치관보다는 사랑이 더 소중하지 않나요? 사랑을 훼손한다면 그 가치관은 버려야 하는 거라 생각합니다. 자식을 보지 않고 사는 삶은 너무 고통스러울 겁니다. 무엇보다도 본인 자신을 위해 아이를 이해해야 합니다. 저는 제 아이에게 잔소리를 거의 하지 않습니다. 아이를 위해서가 아닙니다. 저를 위해서입니다. 그래야 아이가 저를 보면서 웃어주니까요. 아이가 웃는 모습을 볼 수 없다는 건 부모에게는 너무 가혹한 일입니다.

> "부모님 이혼 후 저희는 버려진 남매 같았습니다. 제가 동생을 키웠어요. 이제 와서 저희와 잘 지내고 싶어 하시는데 동생이 받아들이지를 못하고 화를 냅니다."

일단 고생 많으셨습니다. 박수를 쳐드리고 싶어요.

동생에게도 화를 낼 시간이 필요할 겁니다. 화를 낸다는 것은 감정이 있다는 뜻이니까 아주 나쁜 상황은 아닙니다. 억지로 화를 풀게 할 수는 없는 일이잖아요. 혼자서 부모님을 만나면 어떨까요. 부모님은 혼자 뵙고, 동생에게는 충분히 화를 내고 속상한 마음을 표현하게 해주시면 좋겠어요. 마음이 다 풀리면 그때 같이 만나고, 편안하게 하시면 어떨까요? 가뜩이나 동생 데리고 열심히 사느라 고생하셨을 텐데 이런 일로 마음이 더 힘들지는 않았으면 좋겠습니다.

마음은 말하고 표현해야 달라져요. 본인도 부모님 만나서 너무했던 거 아니냐고 말하고, 남동생에게는 "네 마음 이해한다. 속상한 마음 내가 대신 전할게"라고 말하시는 게 좋아요. 마음을 말하고 보상을 받아야 맺힌 게 풀려서 선순환이 일어납니다.

> "엄마로, 아내로 사는 게 지칩니다. 가족들이 도와주질 않아요."

가치 있는 희생은 그 자체로 의미가 있다고들 하는데 완전 거짓말이에요. 우리 뇌와 마음은 100을 주면 100을 받고 싶어 합니다. 계산적인 게 아니고 원래 그렇게 생겼어요.

50세가 넘으면 모성엔진이 턱턱 서기 시작하고 자기 자신이 중요해지는데 남편과 아이들이 예전과 같은 역할을 원하면 화가 날 수밖에 없습니다. 자기가 흔쾌히 할 수 있는 만큼만 하시는 게 좋아요. 의무감에 화가 나는 정도까지 잘해줄 필요 없습니다. 엄마와 아내로서 절반, 나머지 절반은 자기 이름으로 살아야 행복해요.

> "남편이 어린 아들과 경쟁하듯 관심을 달라고 투정을 부리네요. 별거 아닌 일에도 자신의 말이 맞다고 심하게 우겨서 대화도 안 되고요."

역시나 외로운 게 문제입니다. 일본에서 등장한 은퇴남편증후군이라는 게 있어요. 일만 하면서 가정에 소홀하던 남편이 은퇴하고 가정에 들어오면 아내가 외간남자랑 같은 집에 있는 것 같은 기분에 불편해하면서 남편과 소통을 포기하고 다른 친구들에게로 갑니다. 가족구성원이기는 한데 정서적으로 남이 되는 거죠.

보통 50세 이전의 아내들은 남편이 함께 있어주지 않아서 힘들어하고, 50세 이후 아내들은 삼식이 남편을 괴로워한다고 합니다. 같이 있는 게 힘든 겁니다. 남자분들, 제발 젊었을 때 아내와 같이 있는 시간을 잘 보내려고 노력하셔야 합니다. 그래야 나이 들어서도 같이 잘 지낼 수 있어요. 나이 들어 갑자기 친해지려고 하면 아내가 부담스러워 합니다.

50세 부근의 남자들은 아직 청년의 마음을 갖고 있어요. 그렇지만 젊지는 않죠. 꿈을 못 이룬 거 같은데 더 이상 꿈을 꿀 수는 없을 것 같고 가족은 환영해주지 않고. 많이 외로운 나이예요. '내 말이 맞아'라는 건 '날 더 사랑해줘'와 같은 뜻입니다.

당신의 웃는 모습이
가족에겐 선물입니다
〈토니 에드만〉

〈토니 에드만〉은 독일 영화입니다. 독일 사람들 특유의 유머와 무뚝뚝함이 동시에 버무려져 있는데요, 주인공은 빈프리트. 퇴직을 하고 혼자 살아가는 피아니스트인데, 틈만 나면 사람을 웃기려고 애를 씁니다. 각종 변장 도구를 가방에 넣어 다닐 정도인데요, 그에게는 딸이 있습니다. 성공한 커리어우먼으로 기업합병 전문가입니다. 외국에 나가서 근무 중인데 피도 눈물도 없는 타입이에요. 딸은 아버지를 찾아오지 않았습니다. 변명이 많았죠. 실제로 바쁘기도 했고요. 딸이 보고 싶으니 어쩔 수가 없었습니다. 아버지가 딸이 있는 불가리아로 직접 찾아가는 수밖에.

비행기에서 내린 빈프리트는 딸의 회사를 찾아갑니다. 변장을 하고 회사 앞을 얼쩡거리며 누구냐고 묻는 사람들에게는 자기 이름이 토니 에드만이라고 거짓말을 합니다. 알아보고 곤란해 하는 딸에게 그냥 지나가다 들렀다고 변명을 하고요.

이네스는 어쩔 수 없이 아버지를 받아들입니다만 둘이 쉽게 화합할 리가 없습니다. 낯선 땅이었습니다. 사고뭉치 아버지를 혼자 두는 게 마음에 걸렸던 이네스는 아버지를 데리고 일을 하러 다닙니다. 당연히 사고연발이었죠.

이네스는 아버지에게 지쳤고 아버지는 딸에게 미안해졌습니다. 이제 그만하자라는 말이 오고 갈 때쯤 두 사람은 우연한 기회에 불가리아 가정을 방문하게 됩니다. 온 가족이 화목한 모습이었죠. 빈프리트는 부러웠으나 이네스는 짜증이 났습니다. 결국 둘은 각자의 길을 가게 됩니다. 아버지는 호텔로 거처를 옮겼죠.

다음 날은 이네스의 생일. 사실 아버지는 딸의 생일을 축하해 주러 먼 곳까지 찾아온 것이었습니다만 따로 보내게 됐네요. 이네스는 자신의 생일인 것조차 잊고 있었는데 예약해둔 케이터링이 배달되어 왔습니다. 생일상은 차려졌고 친구들이 찾아왔지만 이네스는 즐길 마음이 되지 않았는데 벨 누르는 소리가 들립니다. 문을 열어보니 불가리아 전통 탈 쿠케리를 쓴 사람이 서 있었습니다. 쿠케리는 악령을 쫓기 위해 쓰는 탈로 머리부터 발끝까지 검은 털이 치렁합니다. 얼굴도 당연히 보이지 않습니다. 쿠케리는 엉성한 포즈로 이네스를 웃게 한 뒤, 생일 선물을 건네고 이네스를 안아주고 떠납니다. 쿠케리를 보내고 나서 이네스는 알았습니다. 아버지라는 것. 바로 전날 만난 불가리아 가족들을 통해 쿠케리를 알게 됐거든요.

이네스는 아버지를 따라 달려갑니다. 집 앞의 공원. 더운 날이었습니다. 헉헉거리며 걷는 쿠케리 뒤로 이네스가 달려와서는 아버지를 부르더니 달려와 꽉 끌어안습니다. 그 모습이 마치 어린애 같아서 이네스가 어릴 때는 저 두 사람도 다정했겠구나, 코끝이 시큰해집니다. 극장 여기저기서 훌쩍이는 소리가 들렸습니다. 아마도 많은 사람들이 일에 쫓겨 냉혹한 현실을 살아가지만 실은 이네스처럼 부모의 품이 그리운 것이겠죠.

딸이 돌아간 뒤 아버지는 인형 탈을 쓴 채 공원에 누웠습니다. 헉헉거리는 숨소리. 평소 심장이 좋지 않았습니다. 결국 병원까지 갑니다.

머지않아 두 사람은 할머니 장례식에서 만납니다. 유품을 정리하다가 딸은 아버지가 끼던 장난감 틀니를 끼고 우스꽝스러운 표정을 지어 보입니다. 사랑하는 사람을 잃은 아버지를 위로하고 싶었나봅니다. 뜻밖의 행동에 아버지는 웃으며 카메라를 가지러 갑니다. 간직하고 싶다고 했죠.

이네스는 장난스러운 표정을 한 채 그대로 서서 아버지를 기다립니다만, 올 때가 된 것 같은데 아버지가 오지 않습니다. 보는 사람들은 불안해집니다. 혹시 심장이 아파서 쓰러진 것은 아닐까.

영화는 거기서 끝이 나지만 아버지가 남긴 마지막 말이 계속 가슴에 울리고 있었습니다. 딸을 보고 환하게 웃으며 빈프리트는 말했습니다. "유머를 잊지 말아라 이네스."

아버지는 오직 하나, 자식이 웃는 모습이 보고 싶어서 기꺼이 바보가 되었습니다. 그저 입꼬리만 조금 올리면 되는데 왜 그리 바쁜 척을 했던 건지.

아버지 빈프리트의 마지막 말을 다시 적어봅니다.

"유머를 잊지 말아라."

웃어요, 부디.

아버지,
'미안해'와 '고마워' 사이에서
당신을 사랑합니다

이번에는 제 이야기.

약해지는 아버지를 보는 것은 마음이 무너지는 일입니다.
고맙게도 저는 매우 성실한 분을 아버지로 두었습니다. 작은
일도 정확히 해내는 성격으로 평생을 사셨어요. 몸에 좋을 리
없었을 겁니다. 심근경색으로 쓰러지셨어요. 다행히 잘 극복
하셨지만 일을 쉬셔야 했습니다. 집에 계시는 동안 어머니는
아버지 성격이 변한 것 같다며 걱정하셨고 제 고민을 들은 남
자 선배는 말했습니다.

"사소한 것이라도 아버지에게 부탁을 해봐. 아이스크림을 사
다달라든가, 등본을 떼는 일처럼 작은 것도 괜찮아. 아버지에

게 할 일을 드려. 가족을 위해 일할 때 남자는 자신이 가치 있는 존재라고 느끼거든."

아버지에게 전화를 했습니다. "주말에 집에 갈 테니까 고기 사다 놔요. 같이 구워 먹자. 요즘 아빠가 나한테 소홀한 거 같아서 섭섭해." 저희 어머니는 요리를 좋아하셔서 냉장고가 몇 개씩이나 됩니다. 주말에 가보니 냉동고마다 고기가 종류별로 가득 차 있었습니다. 겉으론 웃었지만 속으론 눈물 났어요. 고기의 양만큼 아버지가 외로웠던 것 같아서.

회복되셨던 아버지는 또 한 번 제 앞에서 쓰러지셨습니다. 퇴직하고 위암 수술을 하셨는데 퇴원하고는 의사의 지시를 따르지 않아 위장 내 출혈이 있었어요. 마침 공기 좋은 곳으로 가신다며 경기도로 이사를 하셨는데 구급차가 오는 데 40분이나 걸린다고 하더군요. 할 수 없이 어머니와 여동생과 제가 기절한 아버지를 밀고 끌고 해서 병원에 갔습니다. 응급처치를 끝내고 아버지는 미안하다, 미안하다 하셨어요. 재수술하러 갈 때도, 중환자 회복실에서도 아버지는 자꾸 미안하다, 미안하다 하셨습니다. 대체 아버지가 뭐가 미안한 건지, 미안해야 하는 건 늙고 병들 때까지 아버지의 어깨에 무거운 짐으로 있었던 우리였는데, 왜 당신이 미안한 것인지. 마냥 크고 강해야 하고, 아파서도 안 되는 것이 아버지라는 역할이었던 걸까요.

아버지는 이제 안녕하십니다. 잘 회복하셨고, 일하지 않는 삶에도 적응하신 것 같아요. 감사해서는 큰 딸이 전화를 끊을 때마다 '아빠, 고마워요'라고 말한다는 걸 아버지는 알고 계신지 모르겠습니다. 쓰고 보니, 먼저 '고마워'라고 말하는 건 아버지였네요.

"딸, 고마워" "전화 고마워" "용돈 고마워" 요즘 아버지는 툭 하면 고맙다고 하십니다. 미안해와 고마워는 나란히 놓으면 잘 어울리고, 품은 마음이 비슷한 단어인 것도 같지만 아버지의 '고마워'가 더 이상 '미안해'가 아니라서 저는 참 고맙습니다.

약해도 괜찮고 도움을 받아도 괜찮은 것이 아버지의 자리라는 것을 아버지가 아셨으면 좋겠어요. 제 욕심일 뿐인지도 모르겠지만 평생을 그분에게 기대어 살아왔으니 이제는 저희가 그분의 기댈 자리가 되면 좋겠습니다. 윤대현 교수님 말씀처럼 잘 받아주시는 것이 저희를 위해 좋은 일이라는 걸 아버지도 알아주셨으면 좋겠네요.

미안해서 고마웠던 시간들. 앞으로는 고마워서 고맙고 고마운 날들을 살아가고 싶습니다.

어머니,
주시는 사랑을
잘 받는 일에 관하여

이번엔 어머니 이야기.

지금보다 10년쯤 전의 일입니다. 아직 어렸었다고 변명하고 싶네요. 어리다기보다는 어리석었다는 표현이 맞겠지만.

"나한테 해준 게 뭐 있어?"

무례하고도 어리석은 그 말이 제 입에서 나올 줄은 몰랐습니다. 여름이었어요. 본가에 가서 어머니, 아버지와 점심을 먹다가 바보 같은 말을 하고 말았습니다. 저는 속이 좁은 사람입니다. 동생이 이사를 하는데 어머니가 집값 이야기를 하며 걱정이 길어졌습니다. "두 분이나 즐겁게 사세요. 왜 젊은 애들 걱정은 하고 그래요?" 처음에는 곱게 말했는데 '해준 게 없어서 마음이 아프고' 등등 어머니의 이야기가 신파처럼 느껴져서 짜증을 내다가 그만 그 말을 하고 말았습니다.

"괜한 걱정, 그만해도 되잖아."
"아니. 그래도. 내가 키울 때 못해준 게 마음에 걸려서."
"그만 좀 하라고!! 아들은 그렇게 걱정하면서 나한테는 해준 게 뭐가 있어?"

어머니는 왜 해준 게 없냐며 당신이 저에게 해줬던 아주 많은 일에 대해 이야기하셨는데, 부끄럽게도 제가 하나하나 반박을 했어요. 어머니는 계속 화를 내시다가 제가 눈물을 터뜨리며 울기 시작하니까 목소리가 더 커졌습니다.

"나도 속상해. 공부 잘하는 딸, 유학도 보내고 박사도 만들어야 하는데 엄마가 가난해서 미안해. 네가 이사할 때 엄마가 하필 그때 어려워서 돈 한 푼 못 보태준 것도 미안해. 네가 동생들 생각한다고 아르바이트 몇 개씩 하면서 대학 다닐 때 용돈 챙겨주지 못해서 미안해. 하지만 나도 속상했어. 너는 너 혼자 너무 잘 살았잖아. 알아서 척척 다 하니까 엄마가 해줄 게 없었어. 나도 해주고 싶은 게 많았다고. 네가 받아주질 않았잖아."

어머니는 밖으로 나가셨고, 아버지는 말없이 티슈를 저에게 내미셨습니다.

다시 생각해도 부끄럽고 유치한 여름날의 이야기지만 놀랍게도 펑펑 울고 난 그날 이후 어머니와 저는 다시는 싸우지 않게 되었습니다.

"나는 국문과 나왔는데 왜 유학 타령이야?"
"난 보내고 싶었단 말이야. 공부를 잘했잖아."
"엄마! 그건 엄마 욕심이지. 나는 갈 생각도 안 해봤다고!"

웃고 말았네요. 다시 생각해도 웃음이 납니다. 저희 집은 전혀 가난하지 않습니다. 그런데 어머니는 가난하다고 생각하셨네요. 저에게 주고 싶은 것이 많아서.

그날 이후 어머니는 제게 자꾸 뭔가 주시려고 합니다. 전에는 '됐어요. 엄마나 재밌게 사세요.'라고 했지만 이제는 잘 받는 딸이 됐습니다. 저에게 좋은 것을 줄 때 의기양양하게 빛나는 어머니의 얼굴을 보는 것은 기분 좋은 일입니다. 척척 받고 아주 신나합니다. '하지 마요, 괜찮아'라고 하는 게 착한 딸인 줄 알았는데 잘 받고, 잘 드리는 딸이 더 좋은 딸인 것 같아서요.

부모가 된다는 것에 대해 그가 말했다.

"부모 노릇 한다는 게 힘든 게
엄청 사랑하는데 아이들을 위해서 해줄 게 별로 없어요.
부모가 할 일은 코치가 되는 게 아니에요.
기능을 만들어주는 것이 아니고요,
좌절을 맛봤을 때 안아주는 존재가 되는 거
그게 부모가 진짜 해야 할 일입니다.

더불어 부모 본인이 즐겁게 사는 것이
아이들에게는 가장 좋은 자극이 됩니다.
나도 저렇게 재밌게 살아야지, 동기 부여가 되거든요.
좋은 부모가 되고 싶다면 즐겁게 잘 노세요."

눈을 보며
이야기를 들어주는 것,
사랑한다면서 안아주는 것

"정작가, 부모가 된다는 게 어떤 건지 알아요? 아이가 생겼다
는 걸 아는 순간부터 내가 죽는 날까지 단 한 순간도 마음이 편
하지 않은 거, 그게 부모가 된다는 거야."

친구 어머니가 해주신 마음이 오래 마음에 남았다. 내 어머니
와 아버지도 같은 마음으로 나를 키워오셨겠구나 생각하니 웃
게 해드리기는커녕 울게 했던 시간이 마음 아팠다.

〈해열제〉 코너 앞으로 가장 많이 도착한 것이 육아와 자식 교
육 문제였다. 생각보다 '내가 부모 노릇을 잘못하고 있는 게 아
닐까' 고민하는 사람들이 많았다. 그들의 자기반성과 자기 검
열이 나에게는 아프게 다가왔지만 윤대현 교수는 다른 이야기
를 했다.

"육아상담을 청해 오시면 제가 항상 하는 말이 있습니다. 아이에게 너무 신경 쓰지 말라는 것입니다. 부모가 자식에게 해줘야 하는 것이 상당히 많은 것 같지만 꼭 그렇지만도 않습니다. 잘 먹여주고, 아이를 보고 웃어주고, 눈을 보며 이야기를 들어주고, 사랑한다 말하면서 안아주는 것. 이것만 충실히 하면 좋은 부모입니다. 아이는 알아서 잘 클 겁니다. 너무 많이 신경 쓰지 마세요."

"출산 후 폭풍 육아 중인데 매일 남편 몰래 맥주를 마십니다. 술을 마셔야 아이에게 화를 덜 내요. 이래도 되는 걸까요?"

내가 술 먹는 게 아니에요. 내 마음이 먹는 거예요. 야단치면 술이 더 당겨요. 무척 고된 시기를 지내고 계신 겁니다. 스트레스가 크니까 풀 수 있는 일을 하면 좋은데 그럴 여력이 없으니까 더 속이 타시겠죠. 일단 자기 비난은 안 하시면 좋겠어요. 부모도 사람이니까 힘이 듭니다. 힘들어하는 자신을 이해해주시고 그래도 술은 몸이 상하니까 대체재를 찾아야겠습니다. 주변에 도움을 청하세요. 자유시간을 확보한다든가 한 달에 한 번 남편과 단둘이 데이트를 하는 것도 좋습니다. 자신에게 화내지 마시고 '내가 힘들구나' 안아주고 예뻐해주시면 마음이 술을 덜 마시려고 할 겁니다.

"아이에게 소리를 지르는 저를 발견하고 그 자리에 주저앉았습니다. 제가 문제 엄마 같아요."

모성엔진은 연비가 나빠요. 연료가 엄청 드는데 보상은 적죠. 때문에 뇌가 금방 지칩니다. 육아처럼 내가 아닌 남을 위해 에너지를 많이 쓰는 상황에서는 밖에 나가서 에너지를 충전해야 합니다. 아이 키우면서 밖에 나갈 시간이 없다, 아이 대학 갈 때까지는 아무것도 안 할 거야 하는 분들이 많은데 아이에게도 좋지 않습니다.

어머니들에게 2:3:5로 사는 것을 자주 추천합니다. 아이에게 2, 남편에게 3, 자기 자신에게 5를 투자하세요. '나를 위해서 사는 엄마 아래서 아이가 잘 클까요?'라고 질문하신다면, 잘 큽니다. 사실 이걸로 충분합니다. 아이들이 가장 좋아하는 것은 재미나게 사는 엄마입니다. 아이들은 멋있게 사는 엄마를 보면서 '닮고 싶다'고 생각합니다. '우리 엄마 멋있게 산다. 음악도 듣고 전시회도 가고 멋있다. 나도 저렇게 되고 싶다' 이렇게 되는 게 좋아요. 평소에 잘 노셔야 합니다. 엄마의 에너지가 좋아야 아이도 좋은 에너지를 받겠죠. 쉽진 않겠지만 다른 걱정들은 접으시고 좀 더 노세요. 바로 지금 말입니다.

> "최근에 아빠가 되었습니다. 결혼 전에는 늘 웃었는데 아이가 태어나고 아내가 산후 우울증을 겪으면서 저도 변했습니다. 밤에 육아를 담당하다보니 제 자신이 로봇같이 아무 감정이 없습니다."

대표적인 소진 증후군입니다. 뇌가 지치면 처음에는 짜증이

나고, 우울하다가 급기야는 아무 감정이 없어집니다. 우울이나 분노가 올라오는 건 차라리 나은 겁니다. 아무 감정이 없게 되면 세상이 회색빛으로 보입니다. 어서 충전할 것을 찾으셔야 합니다. 바쁘고 힘들어서 시간을 낼 수 없다고 하시겠지만 이대로 두면 자기 자신은 물론 가족 모두, 특히 아이에게 좋지 않습니다. 내게 에너지가 없으면 똑같이 안고 있어도 포근함이 달라서 아이가 '우리 아빠는 감정이 없구나. 차가운 사람이다' 느낄 수 있습니다. 아이를 위해서라도 노셔야 합니다. 오히려 바쁘고 힘들수록 충전이 더 많이 필요합니다. 밖으로 나가세요. 힘든 사람들끼리 보고 있으면 서로 힐링이 되지를 않습니다. 밖으로 나가서 재밌게 노세요. 에너지가 다 떨어질 정도로 희생하는 것은 좋은 희생이 아닙니다. 오히려 모두를 망칩니다.

> "엄마보다는 여자로 살고 싶어요. 아이보다 저 위주로 쇼핑하고 예쁘게 치장하곤 하는데 남들이 비난하네요. 제가 이기적인 것인가요?"

저는 오히려 지금처럼 균형을 맞춰서 사시는 게 더 좋겠는데요. 모성애가 사람을 희생하게 하는데 시간이 더 지나고 나면 너무 희생만 해서 내 인생이 없다는 생각에 남편이나 아이에게 보상을 요구해서 좋았던 관계가 망가지기도 합니다. 즐겁게 사세요. 장기적으로 보면 그게 나아요.

> "아이가 엄마가 자기를 떠날 것 같다며 분리불안 증세를 보입니다. 쓰레기 버리러 밖에 나가도 혼자 따라 나와 울고 있습니다. 애착의 문제일까요?"

분리불안이 없는 게 더 이상한 겁니다. 사랑하니까 관계가 깨질까봐 걱정하는 거예요.

태어나기를 분리불안을 심하게 느끼는 아이가 있고, 아이는 괜찮은데 엄마가 걱정이 많아서 아이를 떼어놓지 못하는 경우가 있습니다. 이런 경우는 엄마에게서 아이에게로 분리불안이 가는 거예요. 서로 불안을 주고받는 케이스가 될 수 있습니다. 엄마가 불안에 대해 초연해지는 게 중요하고요, 분리불안이 사라지려면 '엄마가 내 눈에 보이지 않아도 내 안에 엄마가 있어'라는 식이 되어야 합니다. 화상통화 등을 통해서 "엄마가 밖에 있지만 너랑 같이 있어. 보이지 않아도 너를 사랑한단다"라며 웃어주세요. 엄마가 불안해하면서 "괜찮니? 엄마 없어도 되겠어?"라고 하면 아이가 더 심해집니다. 불안해하지 마시고 조금씩 조금씩 나의 마음을 아이의 마음 안에 넣어주시면 돼요. 떨어져 있어도 같이 있다고 느낄 수 있도록.

더불어 일관된 태도를 보이는 것이 중요합니다. 불안해하는 아이를 보면서 달래주다가, 야단치다가 반응이 왔다 갔다 하면 더 나빠집니다.

> "남편이 딸 SNS에 친구 신청을 했는데, 딸이 받아주지를 않았어요. 남편은 왜 계속 친구 신청이 '보류'인지 궁금해하는데 뭐라고 설명을 해줘야 할지."

아직 딸이랑 친구가 아니기 때문에 보류 중인 겁니다. 현실에서 먼저 친구가 되어야 하지 않을까요? 마음을 연 다음에 친구 신청을 받아달라고 해야지, 억지로 열라고 하면 따님이 다른 계정을 열 겁니다. SNS 친구가 되어도 딸이 열어준 곳에는 아무것도 없을 수가 있어요. 먼저 마음을 얻기 위해 노력하시는 게 좋겠습니다.

> "우리 아이에게 사춘기가 찾아온 것 같아요."

사춘기가 올 때가 되었는데 저항을 안 하는 게 더 문제입니다. 부모를 완전히 믿기 때문에 저항해도 떠나지 않을 거라는 생각에 마음껏 저항을 하면서 부모와 분리된 자신을 느낍니다. 그러면서 성장하고 독립하는 거죠. 10대에 사춘기가 오지 않으면 30대에 오기도 하고, 40대에 오기도 합니다. 30대에 사춘기가 오면 큰일입니다. 사회생활이나 가정생활에 문제가 생길 수 있잖아요. 아이에게 사춘기가 왔다면 내가 그만큼 잘 사랑해줬다는 뜻이라는 걸 이해하고, '이제 내 인생을 잘 살자' 생각하시면 됩니다.

더불어 축하드립니다. 사춘기는 부모가 아이와 친한 친구가 될 수 있는 기회이기도 합니다. 마음을 터놓고 이야기할 상대가 어느 때보다 필요하니까요. 잘 들어주시고 놀아주시면 나중에 나이 들고 아이가 내 친구가 됩니다. 다만 친구처럼 하려고 해야 합니다. 코치하면 멀어집니다. 힘든 일입니다만 자식의 가치는 부모의 성숙에 있습니다. 아이의 장점을 잘 찾아서 칭찬해주세요. 이때 잘해놓으면 이만한 노후 대책이 없습니다. 든든한 친구가 생기는 거니까요.

> "딸이 뭐든 안 되면 엄마 핑계를 댑니다. 잘된 일은 다 자기가 잘해서 성공했다고 하고요. 제가 샌드백인가요?"

예, 샌드백 맞습니다. 그래서 부모 노릇이 어렵죠. 엄마가 바쁘면 안 챙겨줘서 그렇다고 하고, 엄마가 일하지 않고 애들 챙기면 너무 집착해서 문제라고 합니다. 덧하기 제일 좋은 사람이 부모님이에요. 애들이 부모 평계를 대는 건 미워서 그러는 게 아니라 믿어서 그런 겁니다. 자녀들은 부모님이 돌아가신 다음에야 소중함을 알고 그때 가서야 울고불고하죠. 저도 아들이 있는데 제발 있을 때 잘하라는 말을 하고 싶어도 꾹 참습니다. 아들이 얄미울 때가 있어요. 친구라면 관계를 끊었을 텐데 그럴 수도 없고 부모는 평생 을이지만 관계가 나빠지면 내 손해니까 꾹 참습니다. 복수는 사회가 해줄 겁니다. 세상 많은 분들이 우리 편이 되어서 인생이 뭔지 따끔하게 우리의 아들딸에게 알려줄 겁니다. 부모는 안아주면 돼요.

"우리 딸이 제가 오빠랑 자신을 차별한다고 하네요.
저는 절대 그렇지 않은데요."

애는 원래 편애하게 되어 있다고 합니다. 부모도 사람이니까 더 잘 맞는 쪽이 있는 거죠. 아무리 똑같이 안아줘도 아이들은 부모만 바라보고 연구를 하기 때문에 부모가 본인도 모르게 하는 무의식적인 차별을 눈치챘다고 합니다. 양적으로 공평하게 하는 것은 의미 없고 질적인 차이를 주는 게 중요합니다. 아들이랑은 비행기 놀이를 하고 딸이랑은 인형놀이를 하고. 서로 다르게 하는 게 좋습니다. 나이에 맞는 놀이를 다르게 해서 놀아주는 것도 좋은데 질적으로 다르게 해주면 오히려 평등하게 사랑받는다는 느낌을 받는다고 합니다. 딸이 좋아하는 놀이를 딸과 같이 해주시는 게 좋아요.

> "아이가 저에게 '엄마는 사람 자존감을 떨어뜨리는 스타일 같아'라고 하네요."

칭찬을 더 해주셔야겠네요. 가장 칭찬 받고 싶은 사람이 부모인데 어머니가 사랑을 하긴 하지만 자기도 모르게 잔소리를 하고 있으니까 자녀 입장에서는 자존감이 훼손되는 기분이 드는 거예요. 잔소리하는 버릇을 고치면 좋겠지만, 아이 눈높이로 내려가서 일주일에 한 번쯤은 아이 속마음을 들으려는 노력이 필요합니다. 뭘 알아야 아이를 도와주고 친구도 될 수 있죠. 대화를 할 때 칭찬 한 마디를 하면서 슬쩍 하고 싶은 말을 넣어주시고요, 반응하는 멘트가 중요합니다. "네 말이 근사하고 좋다" "네 말에 동의해" 이런 문장을 섞으면 대화의 효과가 훨씬 좋아집니다.

"막 취업한 딸이 적응을 못하는 것 같습니다."

아이가 공부를 못하거나 적응을 못하거나 할 때, 부모가 공부나 적응을 잘하게 만들어줄 수는 없지만 들어줄 수는 있습니다.

"세상이 원래 다 그래"라는 말은 아이에게 통하지 않습니다. 대신 어떤 불만을 갖고 있는지 잘 들어주세요. "상사는 원래 다 이상해"라고 하지 마시고 "얼마나 어디가 이상하니?"라고 물어보며 편을 들어주시면 속마음을 이야기할 겁니다.

훈수 두는 입장에서는 답이 쉽게 보이지만 본인에게 잘못 말하면 튕겨 나가니까요, 답을 알더라도 꾹 참고 일단 들어주는 게 사랑이죠. 상대와 같은 수준으로 내려가서 들어주는 게 정말 중요합니다. 부모가 해줄 수 있는 일에는 한계가 있습니다. 취업을 해결해주고, 일을 대신 해주면서 평생 갈 수는 없는 노릇 아닐까요?

부모가 해줄 수 있는 것은 에너지를 주는 일이고, 에너지는 공감에서 나옵니다. 그다음은 아이들의 인생인 거죠.

이해하지 않는 사랑은
폭력이 된다
『채식주의자』

한강의 소설 『채식주의자』를 읽었을 때 당연히 있는 그대로 받아줘야 할 사람들이 그렇게 하지 않을 때 인생이 얼마나 막막한 벽 앞에 서게 되는가를 느꼈습니다. 벽이 아니라 절벽이라는 말이 맞겠네요.

주인공 영혜는 절벽 앞에 서 있었어요. 한 발 뒤로 물러서면 낭떠러지 아래로 떨어질 것인데 반대편에서 밀어붙이는 사람이 가족이라니. 있는 그대로 받아들이기를 거부함으로써 사랑은 폭력이 되었습니다.

주인공 영혜는 꿈이 나빴어요. 숲속. 피 흘리는 고깃덩어리. 피로 범벅이 된 자신의 몸. 날고기를 씹어 먹던 감촉. 피비린내. 같은 꿈이 반복되면서 영혜의 영혼은 피폐해졌죠. 더 이상 고기를 먹을 수 없었습니다. 고기 냄새를 견디지 못했거든요.

꿈은 계속되었습니다. 몸이 마르고 신경이 예민해지는 것은 불면 때문이지만 남편은 아내에게 안정감을 주기는커녕 잠 못 들게 하는 부족한 배우자가 되기 싫어서 '아내가 고기를 끊어서'라고 사람들에게 변명했어요. 영혜의 친정아버지와 어머니는 사위에게 미안했고 딸이 부족하여 사위에게 불편을 끼치는 것 같아 억지로 딸에게 고기를 먹이려고 했습니다. 영혜가 완강히 거부하자 아버지는 힘을 행사합니다. 가족들에게 팔이 붙들려 강제로 고기를 입에 넣어야 했던 영혜를 상상해봤어요. 분노에 찬 영혜는 자해를 했고 병원에 실려 갑니다. 분노보다는 절망이 맞았겠죠. 궁지에 몰린 작은 동물이 으르렁대듯이 칼을 휘둘렀을 겁니다. 병실에서도 상황은 달라지지 않았어요. 몸에 좋은 한약이라며 어머니가 건넨 것이 흑염소즙이라는 걸 영혜는 냄새를 맡고 단박에 알아차렸습니다.

영혜의 심정을 상상합니다. 갈 곳을 잃은 기분. 마음을 알아주는 사람 하나 없어 그 어디에도 영혜는 머물 수 없었죠. 그리하여 더 먼 세상으로 갑니다. 혼자만의 세상. 대낮의 병원. 영혜는 병원 벤치에 있습니다. 짐승에게 물어 뜯겨 죽은 작은 새 한 마리를 손에 꼭 쥐고서. 그 새는 영혜의 모습이기도 했지요.

불면과 난폭한 꿈을 같이 걱정해주는 사람이 하나만 있었어도, 먹지 않는 것이 아니라 먹지 못하는 것임을 이해하고 알아주는 사람 하나만 있었어도 한결 숨 쉴 만했을 텐데, 그럴 사람 하나 없어서 영혜는 햇빛이 쨍한 대낮의 병원 벤치에 맨가슴을 드러내고 앉아 있었습니다. 답답해서, 답답하지 않으려고, 맨가슴으로는 살 수 없는 세상에 맨가슴을 드러내고 있었어요.

상대를 있는 그대로 받아들이지 않고 나의 틀 안에서 함부로 해석하고 내 맘대로 바꾸려고 하는 사랑이 어떻게 폭력이 되는지 『채식주의자』는 적나라하게 보여주고 있습니다. 가까운 사이라면 더 강한 폭력이 됩니다. 이해해줘야 할 사람이 나를 거부하는 것이니까요.

그러니 판단은 접고 대신 이렇게 말해봅니다. "하고 싶은 대로 해요. 내가 엄마 편이 되어줄게. 아빠 편이 되어줄게. 너의 편이 되어줄게."

인생은 툭 하면 우리를 가파른 절벽 끝으로 몰아가고, 바라는 것은 떨어지지 않도록 손 잡아줄 사람일 텐데 오히려 밀어붙이고 싶지 않아서 판단 같은 것은 접어두고 말합니다.

"원하는 대로 해. 내가 너의 편이 되어줄게."
사실은 내가 듣고 싶은 말. 사랑해서 하는 말.

관계에 대해서 그는 말했다.

"살아가는 힘이라든가 자신감 같은 것은
한 사람의 내면에서 나오는 것이 아닙니다.
관계에서 생기는 것입니다.

누군가 나를 사랑하고
내가 보잘것없어지는 순간에도
내 곁에 함께 있을 거라는 건강한 믿음이 있을 때
진정한 행복은 찾아옵니다.

많은 사람들이 관계 때문에 힘들어하지만
결국 우리는 좋고 단단한 관계 안에 있을 때
비로소 행복해지는 존재입니다.

그러니, 상처를 두려워하지 마시고 사람들을 만나야 합니다."

이별,

좋았던 것을 기억하세요

이별은
흔한 일

〈해열제〉 코너를 하면서 알게 된 것 중 하나가 이별은 흔한 일
이라는 사실이었다.

서점 주인이 되고 난 뒤에는 더욱 피부로 느낀다.
서점을 열 때 서점에 부제를 달았다. 〈사랑에 관한 주말 서점〉.
입구에는 '당신의 사랑 이야기를 들려주세요. 책을 추천해드
립니다.'라고 적었다.
실제로 사랑이 어려울 때 책에서 위로를 많이 얻었다. 답을 얻
을 때도 있었기 때문에 후배들이 연애에 문제가 생겨 서점을
찾아오면 "얘기는 잠시 후에 하고 15분만 먼저 책을 읽어볼
래?"라고 말한다. 그러면 한결 차분한 상태에서 문제를 바라보
며 이야기할 수 있다. 그렇다고는 하지만 내가 할 수 있는 최고
의 일은 역시 이야기를 들어주는 것이다.

247

오픈 시간이 되자마자 문을 열고 들어오는 분 중에는 지난밤이 괴로웠던 분들이 많다. 들어줄 사람이 필요한데 가까운 사람 앞에서는 말을 꺼내기 어려워 서점을 찾아오는 것이다. 들어 줄 준비는 언제나 되어 있다.

이별인가 아닌가를 타인에게 묻고 확인받고 싶은 경우, 이별의 과정이 나빴던 경우, 이별한 뒤 후폭풍처럼 찾아오는 후회와 미련, 나쁜 생각 때문에 스스로를 괴롭히는 경우. 특히 이별에 대한 고민이 많다.

책을 권해주는 한편, 〈해열제〉 시간에 들었던 윤대현 교수의 말을 반드시 전해준다.

이별에 대하여, 그는 말했다.

"사랑을 시작할 때 우리는 소망합니다.
'이번 사랑에는 이별이 없을 거야.'
착각입니다.

사랑과 이별은 세트 메뉴입니다.
사랑은 시작일 뿐이고 결론은 이별입니다.
아무리 사랑해도 한 날 한 시에 같이 떠날 수는 없는 거잖아요.
이별하기 싫으면 사랑을 하지 말아야죠.
하지만 그렇게 살 수는 없잖아요.

문득 이별이 찾아왔을 때 우리의 뇌는 혼란을 느낍니다.
뇌는 아직 사랑하는 상태에 익숙해져 있는데,
사랑할 대상이 사라져버리니까 감정의 공백이 힘든 겁니다.
그걸 사랑이 남았다, 미련이 남았다 착각하는 분들이 있어요.
다시 한 번 봐야 합니다.
상대는 나랑 안 맞는데 뇌가 정리가 안 돼서
'내가 아직 좋아하는 건가?' 착각을 한 나머지
다시 만나는 것은 좋지 않습니다.
상대는 잊고, 사랑의 좋은 기억만 갖고 가면 됩니다.
상대의 좋은 점을 적어놓고 기억하면 좋아요.
다시 사랑을 시작할 때 활용할 수 있거든요."

"이별했습니다. 몸이 아파요. 계속 졸리고 힘이 없네요."

보통 이별하고 우울하면 잠이 안 오는 걸로 알지만 반대로 더 많이 자는 분도 계십니다. 졸린 만큼 주무세요. 머지않아 잠이 줄고 괜찮아질 테니까 너무 걱정하지 않으셔도 됩니다.

더불어, 이별이 남긴 우울에서 하루 빨리 벗어나려고 억지로 노력하지 않아도 괜찮습니다. 과도하게 빨리 긍정 모드로 바꾸려고 애쓰다보면 오히려 그 억지 노력 때문에 더 힘들어질 수도 있습니다. 억지로 하는 건 모두에게 조금씩 다 힘들잖아요. 충분히 슬퍼하지 않으면 마음에서 떠나보내야 할 것들이 떠나지 않고 앙금으로 남아서 여파가 오래갑니다. 슬프지 않은 척 하지 마시고, 절대로 무엇도 억지로 하려고 하지 마세요. 다 필요한 과정입니다.

"남자친구에게 이별을 통보 받았는데 그를 잊지 못하고 있습니다. 종종 연락이 오면 나가서 만나게 되고, 그가 힘들다고 하면 이야기를 들어주다가 돌아옵니다. 저는 왜 계속 끌려 다니는 걸까요. 저를 참 힘들게 하는 사람인데 말이에요."

애매한 관계에서 헤매지 말고 당당하게 물어보시면 좋겠습니다. 왜 연락하는 것인지, 다시 사귈 가능성이 있는지 물어보실 자격이 있습니다. 지금처럼 모호한 상태가 계속되면 고통스러워하다가 그동안 자신이 그에게 가졌던 애정까지 후회하게 될까봐 걱정이 됩니다. 모든 일이 그렇지만 감정적인 것도 손해가 계속되면 나중에는 분노가 일어납니다. 분노가 일어나면 그동안 그에게 주었던 시간과 노력이 아까워지고, 좋은 기억도 망가지겠죠.

사랑은 끝이 나도, 추억은 아름답게 남기는 게 좋아요. 인생의 선물이 되고, 다음에 오는 사랑에 좋은 영향을 미치니까요. 아름다웠던 추억까지 망치고 싶지 않다면 자꾸 연락하지 말라고 말씀하시는 게 좋지 않을까요? 끝내야 할 때 끝내지 못하면 좋았던 추억까지 망치게 되니까요. 다음에는 본인이 공감해주는 만큼 상대도 공감해주는, 에너지가 건강한 남자를 만나시면 좋겠네요.

> "나쁜 사람을 사랑했어요. 연락이 안 돼서 화를 내면 집착하니까 매력이 없다고 말합니다. 상처를 많이 받았어요. 헤어져야 하는 거 아는데 잘 안 됩니다. 이 상태에서 다른 사람을 사랑할 수 있을까요?"

사랑이 소중한 분이다보니 이별을 잘 못하는 겁니다. 하지만 정말 그 사람을 사랑한 건지, 그 사람을 좋아하는 내 사랑을 사랑하는 건지 구별할 필요가 있습니다. 혹시 지금껏 지고지순하게 지켜온 자기 사랑이 아까워서 끊어내지 못하는 건 아닌가요? 사람을 내 마음에서 내보낸다고 사랑이 사라지는 건 아닙니다. 다음에 좋은 사람 만나면 더 잘 사랑할 수 있다는 걸 믿었으면 좋겠습니다.

> "이별하고 두 번 다시는 연락하지 않았으면 좋겠다고 하는데도 그 사람이 너무 보고 싶습니다."

일단 친구들과 이야기를 많이 하세요. 10만큼 힘들면 100만큼 친구들에게 얘기하는 게 좋습니다.

한 달 정도는 기본으로 걸리고 두세 달 이상 가기도 합니다. 사랑에는 이별이 패키지로 들어 있습니다. 이별도 사랑의 한 과정이라고 생각하는 것이 좋습니다. 물론 쉽지는 않겠지만요.

글을 쓰는 것도 이별을 통과하는 아주 좋은 방법입니다. 다만 글을 쓰거나 이야기를 할 때 부정적인 생각은 하지 않으면 좋겠습니다. '우리가 왜 헤어졌을까?' '내가 무엇이 부족했을까?' '우리가 정말 사랑하기는 했던 것일까?' 이런 생각은 하지 마시고 반대로 '그 사람의 어떤 점이 좋아서 사랑하게 된 걸까?'

질문하면 좋겠습니다. 사실 우리는 그 사람 전체를 사랑하는 것이 아니라 그 사람이 가진 특정 요소에 빠지는 경우가 더 많습니다. 이별의 경험에서 우리가 정말로 배워야 하는 것은 내가 사람의 어떤 점을 중시하는가를 아는 것입니다. 그 점을 잘 기억해두세요. 다음에 오는 사랑에 도움이 됩니다.

미련이 남아서 힘들어하며 찾아오시는 분께는 웬만하면 한 번은 다시 만나보라고 하는 편이지만 그전에 제가 권하는 것이 있습니다. 일단 어떤 점이 좋았는지 적어볼 것. 주변 사람 중에 자신이 좋아하는 점을 가장 많이 가진 사람을 만나볼 것. 만나봤는데도 헤어진 연인이 계속 생각나면 그때 가서 헤어진 사람을 만나보라는 거죠. 동시에 헤어진 연인의 어떤 점이 싫었는지도 적어보기를 권합니다. 다음에 그런 사람을 제외하고 만나면 좋겠죠. 이런 것이 연애에 있어 발전이 아니겠습니까?

정리와 발전의 과정을 거치지 않으면 이전에 만났던 사람과 반대 되는 타입을 찾아 헤매는 실수를 반복하게 됩니다. A타입을 만나다가 잘 안 되면, 반대되는 B타입을 찾고, B타입 만났는데 안 좋으면 다시 A타입으로 돌아갑니다. 발전이 없는 거죠.

나에게 정말로 잘 맞는 사람을 알아가는 과정. 어쩌면 이별의 진짜 의미는 거기 있는 게 아닐까요? 우리가 더 생산적으로 이별을 통과하기를 바랍니다.

"친구가 배우자를 잃었습니다."

가까운 사람이 사별을 했을 때, 망인에 대해 이야기하면 상처를 받을까봐 말을 꺼내지 않는 경우가 많습니다만, 6개월 정도는 충분히 슬퍼해야 이별을 극복할 수 있습니다. 같이 슬픈 이야기를 많이 나누는 게 가장 좋습니다. 시간이 지나도 특별한 기념일, 망인의 생일이나 결혼기념일 등이 되면 엄청 힘들 겁니다. 누군가와 꼭 같이 있는 게 좋아요. 6개월 동안은 병원에서도 우울증 진단을 내리지 않습니다. 우울한 게 당연한 겁니다. 계속 이야기하면서 슬픔을 덜어낼 수 있게 도와주세요.

"할머니가 돌아가셨는데 아버지는 상을 치르는 동안 울지 않으셨어요. 아버지가 감정을 견디면서 참고만 계신 것은 아닌지 걱정이 됩니다."

걱정해주는 자녀가 있는 것만으로도 아버님은 든든하실 겁니다. 눈물이 밖으로 흐르지 않았을 뿐, 마음으로는 우셨을 겁니다. 어른들은 실제로 눈물을 흘리는 일에 익숙하지 않아요. 몰래 우셨을 수도 있겠네요. 상을 치르는 동안에는 일을 마쳐야 한다는 긴장 때문에 울지 못했을 수도 있어요. 다 끝나고 나면 긴장감이 사라지고 슬픔이 밀려올 텐데, 떠나간 사람이 남긴 슬픔을 곁에 남은 사람이 채워주기도 합니다. 걱정하는 딸이 있다는 게 아버님에게는 큰 위로가 될 테니까 내가 아버지에게 정신과 의사 역할을 해준다고 생각하고 아버님의 이야기에 귀를 기울여주세요. 포장마차에서 술 한잔 같이 하시는 것도 좋고요.

"친구가 반려견을 잃고 두 달째 슬퍼하고 있습니다. 제가 뭘 어떻게 해줘야 할까요."

세계동물심리학계에서 '컴패니언 애니멀(Companion Animal)'이라는 단어를 이렇게 규정했어요. '인간이 인간을 서로 위로해주지 못해서 그것을 대신해주는 애완동물을 반려동물로 승격한다.' 사람이 사람에게 주지 못하는 위로와 공감을 선사하는 존재라는 거죠.

반려동물은 또 하나의 가족입니다. 다만 실제 가족이 죽었을 때는 주위에서 많이 공감하고 위로해주지만 반려동물일 때는 차이가 있어요. 동물을 키우지 않는 사람도 많으니까 공감과 위로가 충분하지 못할 때가 있거든요. 사랑하는 대상이 사라진 거라서 상실의 반응은 똑같은데 위로가 부족하니까 더 힘들 수 있습니다. 친구로서 할 수 있는 가장 좋은 일은 충분히 들어주는 겁니다. "기분 풀어" "여행이나 가봐"라는 말을 하기보다는 귀를 기울이며 이야기를 들어주세요. 공감해주는 사람이 있다는 게 슬픔을 이기는 데 큰 도움이 됩니다.

잘 사랑하는 것만큼 중요한 것은
잘 기억하는 일
『좋은 이별』

인간의 심리에 대해 공부를 깊이 해온 소설가 김형경은 어느
날 소설 대신『사람풍경』이라는 에세이집을 냈습니다. 장기간
에 걸쳐 심리분석을 받다가 자기 안의 트라우마를 발견하고는
세계를 떠돌며 여행을 합니다. 쌓아온 심리학적 지식을 통해
길에서 만난 사람들을 분석하며 김형경은 타인에게서 자신을
발견합니다. 이런 모습은 나의 못난 구석을 닮았구나, 이 사람
은 상처 받아서 이렇구나, 나도 이랬을까, 아마도 그랬겠지, 그
렇다면 이제 어떻게 할까? 타인의 이야기를 들으며 김형경은
자신을 이해했습니다. 타인의 상처를 바라보며 자신을 치유할
방법을 찾았죠.

『좋은 이별』은『사람풍경』의 연장선상에 있는 책입니다. '애도

심리 에세이'라는 부제가 붙어 있습니다. 엘리자베스 퀴블러 로스가 발표한 애도의 5단계 이야기로 문을 엽니다. 부정, 분노, 타협, 우울, 수용. 사람들이 죽음을 받아들일 때도 감정이 이 다섯 가지 순서로 변한다고 하죠.

저는 자주 이 책에 관해 이야기합니다. 저희 서점에서 가장 많이 팔리는 책 중에 하나이기도 합니다. 이별한 손님들에게 빼놓지 않고 권하기 때문인데 실은 제가 도움을 받았기 때문입니다. 책을 읽고 좋아서 라디오에 김형경 작가를 초대한 적이 있습니다. 덕분에 이별을 통과하는 데 도움을 많이 받았다고 감사를 표하니 제 손을 잡으며 김형경 작가는 말했습니다.

"잘했어요. 본인이 아깝지 않아요?"

마치 제가 어떤 이별을 감당했는지 알고 있는 것 같았어요. 알리 없지만요.

'이별 후 모든 감정은 정당하다'는 말이 특히 좋았습니다. 이별하고도 아무렇지 않은 척하는 것이 저의 습관이었지만 충분히 슬퍼하지 않고 견뎠더니 슬픔이 마음에 쌓여 병이 되었던 것 같아요. 스스로도 강한 줄 알았는데 한순간 무너졌던 것을 보면.

『좋은 이별』에는 수많은 문학작품이 소개됩니다. 등장인물이 이별을 겪고 삶을 살아내는 이야기로 가득 차 있어요.

오늘 이야기하고 싶은 것은 특히 이 부분입니다. '사랑을 잃고 나는 쓰네.' 기형도 시인의 「빈 집」에 나오는 문장입니다. 쓰라는 거죠. 이별이 불러온 혼란과 이별이 주는 고통은 물론이고 사랑이 남긴 좋은 것과 나쁜 것까지. '글을 쓰지 않고 어떻게 이별을 통과할 수 있는가'라는 문장도 두고두고 기억났습니다.

『좋은 이별』이라는 책을 권하면 "세상에 좋은 이별이 어디 있어요?"라고 묻는 분들이 계십니다. 그런가요, 좋은 이별은 없는 걸까요. 글을 남기든 성숙을 남기든 다음에 오는 연애를 발전시키든 아팠더라도 좋은 것을 남기면 좋은 이별이 되지 않을까요. 윤대현 교수도 하고, 김형경 작가도 했던 조언. '좋은 것을 기억하라'는 말에 동의합니다. 좋은 것을 기억해야 지나간 사랑이 앞으로 올 사랑을 방해하지 않고 도움이 됩니다. 아름다운 추억을 쌓아간다는 건 근사한 일이기도 하고요.

덧붙여, 어떻게 쓰면 좋을까에 대해 묻는다면 김연수의 『우리가 보낸 순간 — 소설편』 59쪽을 읽어보시기를 권합니다. '30초 안에 소설을 잘 쓰는 법'을 가르쳐주겠다면서 김연수 작가는 제안합니다. 봄에 대해서 쓰고 싶다면, 이번 봄에 무엇을 느꼈는지 쓰지 말고, 어떤 것을 보고 듣고 맛보고 느꼈는지 써라. 사랑에 대해서 어떻게 생각하는지를 쓰지 말고 같이 걸었던 길, 먹었던 음식, 같이 봤던 영화에 대해서 아주 세세하게 써라.

사랑과 걸었던 길을 다시 걷고, 봤던 영화를 다시 보고, 사랑으로 나누었던 이야기를 다시 나누고, 같이 듣던 음악을 다시 듣고, 같이 보았던 별빛을 다시 보듯이, 한 번 더 사랑하듯이 쓰면 좋아요. 아름다운 날을 기억하는 데 도움이 되는 것은 물론이고, 앞으로 올 사랑을 아름답게 만드는 데도 도움이 됩니다.

고마웠다고 기억하는
일의 의미
『고맙습니다』

이별을 앞두고 마음과 생각을 적어가는 것의 의미를 알게 해주는 작은 책이 한 권 있습니다. 올리버 색스의 『고맙습니다』입니다.

올리버 색스는 신경과 전문의였습니다. 환자는 물론 자신의 질병 기록을 모아 책으로 펴냈죠. 대중에게 뇌가 가진 놀라운 면들을 알게 했습니다. 그는 평생을 도전하는 젊음으로 살았습니다. 나이가 든 다음에도 모터사이클을 타고 여행하기를 좋아했고 험한 산도 두려워하지 않지만 병을 이길 수는 없었어요.

치료가 어려운 암에 걸렸다는 걸 알고 난 뒤 올리버 색스는 에세이 네 편을 남겼고 마지막 에세이를 발표하고 2주 뒤에 세상을 떠났습니다. 생의 끝까지 그는 자신이 평생을 통해 알고 느꼈던 것들을 글로 적어 남겼습니다.

마지막 네 편의 에세이를 읽다보면 이토록 우아하고 기품 있게 죽음을 마주한 노학자가 있었다는 사실에 눈물이 납니다. 그가 인생의 마지막에 느꼈던 감정은 아쉬움이나 원망 혹은 미련이 아니었습니다. '고마움'이었습니다.

특별히 좋아하는 것은「나의 생애」라는 에세이의 마지막 구절입니다. 종종 책장에서 꺼내 다시 읽습니다.

요약하자면, 올리버 색스는 적었습니다.
'두렵지 않은 척은 하지 않겠다. 하지만 가장 강하게 느끼는 감정은 고마움이다. 사랑했고 받았고 조금쯤은 돌려주었다. 읽었고 여행했고 생각하고 썼으며 세상과의 교제를 즐겼다. 특히 독자와 작가들과의 교제를 즐겼다.'

그리고, 특히 아름다웠던 한 줄입니다.
'나는 이 아름다운 행성에서 지각 있는 존재이자 생각하는 동물로 살았고 그것은 엄청난 특권이자 모험이었다.'

실제로도 멋지게 살아왔지만 '특권과 모험을 즐겼다. 근사한 날들이었다. 고마웠다.'라고 적는 순간 올리버 색스의 인생은 아름다운 것으로 규정되었습니다. 타인에게도 아름다웠던 것으로 기억될 것이고, 자기 자신에게도 똑같이 기억되겠죠.

좋게 기억하는 순간, 좋은 것으로 남습니다. 그러니 생의 끝에서, 혹은 사랑의 끝에서 마음에 어떤 단어를 담아야 할지 알 것도 같습니다.

마음을 안아주는
한 사람

따뜻한 한 마디를
할 수 있어 좋았다
『운다고 달라지는 일은
아무것도 없겠지만』

이 사람이 무언데 내 마음을 알고 있는가. 책장을 덮고 하늘을 보게 만드는 책들이 있습니다. 박준 시인의 산문집『운다고 달라지는 일은 아무것도 없겠지만』은 착하고 다정하고 슬픈 책입니다.

그중「어떤 말은 죽지 않는다」. 시인은 사람들과 대화를 나눌 때 한 문장 정도는 기억하려고 애를 쓴다고 했습니다. 물 좀 떠오라던 외할아버지의 말, 전에 만났던 청요리집에서 만나자는 원로 소설가의 말. 두 사람은 세상을 떠났고 임종을 지키지 못했으므로 시인에게는 물 좀 떠오라는 말과 청요리집에서 만나자는 말이 유언이 되었다고 하였습니다.

반대로 자신에게도 같은 일이 일어날 수 있다고 시인은 생각했습니다. '별 생각 없이 건넨 말이 내가 그들에게 남긴 유언이 될 수 있다'고 생각하기 때문에 시인은 같은 말이라도 따뜻하고 예쁘게 하려 노력한다고 했죠. 고운 사람이었습니다.

1년 전의 일입니다. 선배에게 연락이 왔어요. 보고 싶다고 하시길래 언제든 시간을 내겠다고 했습니다. 며칠 뒤 우리는 저의 작업실에서 만나기로 했는데 제가 좀 늦었습니다. "배고파서 뭣 좀 먹고 있을 테니 천천히 와." 선배가 문자 메시지를 보내왔습니다. 많이 늦지는 않았어요. 도착하니 같은 건물 1층에 있는 식당에서 국수를 드시고 계시더군요. 눈이 붉고 지쳐 보였습니다. 작업실로 올라와 같이 차를 마셨어요.
에너지가 넘치던 선배였는데 그즈음엔 달랐습니다. 술에 취해 전화를 해서는 "현주야, 현주야, 현주야" 제 이름을 부르다가는 말이 없었습니다. 걱정이 되어서 다음 날 아침에 연락해보면 기억을 못했습니다. 선배가 걱정이 됐지만 그래요, 이기적인 말이겠지요, 사는 게 바빴습니다. 그랬는데 선배가 찾아와주어서 저는 고마웠습니다.

"요즘 좀 힘들다."
여름인데 추워 보였어요. 저는 따뜻한 차를 만들어 선배 앞에 내밀었습니다.

"현주야. 사람들이 참 내 맘 같지가 않다."

내가 무슨 말을 해야 했을까요. '맞아요, 정말 그래요'라고 말하고 그저 들었던 것 같아요. 1년 전에 시작한 사업이 어렵다고 했습니다. 앞이 보이지 않아 막막하지만, 같이 가는 사람들이 기대만큼 뛰어주지 않는 게 더 슬프다고 하셨어요.

"선배. 이런 기획은 어떨까요?"

부족하지만 아이디어를 보태려고 했더니 선배가 살아나는 것 같아서 좋았어요. 돌아가는 길에 선배는 웃었습니다.

"너랑 얘기하니까 속이 좀 풀리는 것 같다. 고마워."

"혹시라도 제가 도울 수 있는 일이 있으면 언제든지 연락 주세요. 언제든지요."

며칠 뒤 연락을 받았어요. 선배의 부고였지요.

박준 시인의 말에 고개를 끄덕입니다. 무심코 남긴 말이 내가 선배에게 남기는 마지막 말이 되었겠습니다. 다정한 말이라서 얼마나 다행이었나요. "너랑 얘기하니까 속이 좀 풀리는 것 같다. 고마워." 선배가 남긴 마지막 말이 길게 이어질 후회에서 저를 구해주었습니다. 그래도 더 잘해드렸으면 좋았을 거라는 생각은 합니다.

운다고 달라지는 일은 아무것도 없다는 말은 틀렸습니다.

같이 우는 시간은 우는 사람은 물론이고,
기댈 어깨를 빌려준 사람까지도 구원합니다. 그러니,
나는 당신이 내 앞에 와서 울었으면 좋겠습니다.
힘든 날엔 힘들다며 울었으면 좋겠습니다.
위로할 기회를 내게 주면 좋겠습니다.
나중에는 그 시간이 오히려 나를 위로할 테니
눈물을 닦아줄 수 있도록 나는,
당신이 내 앞에 와서 울었으면 좋겠습니다.

누구에게나 자다 깨어 혼자 우는 날이 있을 겁니다.

열심히 하니까 더 열심히 하라고 하고, 조금 쉬라는 건 말뿐입니다. 어깨 위의 짐이 무거워 허리가 굽고 무릎이 꺾이는데 덜어주기는커녕 보태주는 사람만 있습니다. 귀 기울여 들어줬더니 더 들어달라고 합니다. 자기 마음들 말하기 바빠서 내 마음은 전혀 궁금해하지 않습니다. 들을수록 아프고 허전합니다. 몸이 지친 탓이었겠지만 멍은 마음에도 들고 있었습니다. 아무래도 소진 증후군이었습니다. 사람, 자연, 문화. 〈해열제〉 시간에 배운 세 가지 키워드를 열심히 기억했습니다. 자연을 만나러 몸을 움직이는 것은 쉽지 않았으나 문화를 즐길 수는 있었습니다.

271

주말이었는데 새벽 3시에 잠이 깨었습니다. 외로움을 타는 편이 아닌데 그날은 밤의 고요가 쓸쓸했습니다. 라디오를 켜니 하필이면 정준일의 〈안아줘〉가 나옵니다. '서러운 맘을 못 이겨 잠 못 들던 어둔 밤'이라니. 자주 듣던 노래가 다르게 들려왔습니다. '내 곁에 있어줘, 내게 머물러줘, 네 손을 잡은 날 놓치지 말아줘'. 통속한 유행가 가사에 눈물이 터졌습니다.

어째서 이 아픈 밤, 안아줄 사람 하나 없이 나는 혼자 울고 있는가. 질문이 맴돌았습니다. 평소 '혼자'라는 말을 좋아했습니다. 자유를 사랑하여 기꺼이 홀로였고 아무렇지도 않았는데 그 밤엔 '혼자'라는 말이 눈물이 되었습니다. 울다가 지쳐 잠이 드는데 얼핏 이름 하나가 떠올랐습니다만 누군가에게 연락을 하기엔 너무 늦은 새벽이었고 그와 저는 그럴 만큼 친한 사이도 아니었습니다.

다음 날은 일요일이니 늦잠을 자도 좋았을 텐데 일찍 눈이 떠졌습니다. 다시 잠들면 오후 늦게야 깨어날 것 같아서 조조 영화를 예약했습니다. 영화를 보고 나서는데 아는 얼굴이 지나갑니다. 새벽에 잠들 때 스치던 그 이름. 반가운 마음에 그를 불렀습니다. 예상치 못한 우연에 그도 제가 반가웠는지 성큼 팔을 뻗어 포옹을 했습니다. 우리는 커피를 마시고 헤어졌어요. 지난밤에 당신을 생각했다고는 말하지 않았습니다. 그날은 그냥 그 정도로 충분했습니다.

대단한 이야기를 나눈 것은 아니지만 간밤의 외로움은 사라졌는데 누군가 내 마음을 아는 것 같은 기분이 들었기 때문입니다. 텔레파시라는 말은 우습고 하늘이 내 마음을 안다고 하는 것도 우습지만 어쨌든 그 일요일의 제 마음은 그랬습니다. 제멋대로 편안해졌어요. 누가 내 이야기를 듣고 있는 것 같고, 내 마음을 알고 있는 것 같아서. 우연이지만 다르게 생각하면 기적 같은 일이었어요. 저에게는.

하긴 기적이 뭐 대단한 것일까요. 저는 사람이 사람에게 기적 같습니다.
친구든 지인이든 사랑이든 관계없이 인연이 될 사람끼리 서로 알아보는 것도 기적이고, 마주 보고 웃는 것도 기적이고, 마주 앉아 밥 먹는 것도 기적이고, 안아주는 것은 훨씬 더 기적이죠. 내 마음을 알아주는 사람이라면 말로 다할 수 없고요.

사람이 사람에게 치유이고, 기적이었습니다. 결국, 사람이었습니다.

윤대현입니다.

오래 라디오를 해왔습니다.

라디오에서 저의 일은 청취자 여러분의 고민을 나누는 것이었지만 사실 저에게 라디오는 저를 위한 충전과 일탈의 시간이기도 했습니다.

많은 분들이 제가 하는 코너 〈해열제〉를 사랑해주셨습니다. 라디오에서의 만남이란, 보이지 않지만 마음으로 연결되는 것이지요. 그 연결의 온기가 지쳐 있던 제 마음을 달달하게 채워주었습니다.

고민이 너무 무겁고 사는 일이 답답하다는 사연에 대해서 "인생은 원래 쉽지 않아요. 자유로워지세요. 오늘을 즐기세요"라고 말씀드릴 때는 저 역시 슬쩍 일탈의 흥분을 공유했고요. 좋은 시간이었습니다.

라디오 초보일 때는 사연에 대해 무엇이라 답할까에 집중했습니다. 문제를 해결해드리고 싶었으니까요. 하지만 시간이 지나며 '공감'이 최고의 해결사라는 것을 알게 됐습니다.

실제로 많은 분들이 '라디오에 내 사연이 흘러나오는 것만으로도 위로가 됩니다'라고 말씀하십니다. '나랑 똑같은 고민을 하는 사람이 있다는 걸 라디오에서 듣는 순간 삶의 무게가 가벼워졌어요'라고도 말씀하십니다. 해결된 것은 없는데 해결이 되는 마술이 일어나는 것입니다. 바로 '공감' 때문에요.

이 책을 통해서 그 순간의 마술을 경험하시길 바랍니다.

마음과 마음이 연결되고, 우리가 서로에게 귀를 기울일 때 일어나는 공감의 마술 말입니다.

책을 만날 때는 물론이고, 음악이나 그림 같은 문화를 만날 때 우리는 작품을 만나는 동시에 나를 만나게 됩니다. 그 안에 투영된 나를 보기 때문이죠. 그런 의미에서 라디오에서 매주 화요일에 그랬던 것처럼 오늘의 힐링곡을 남길까 합니다.

〈샤이닝〉. '자우림'의 노래입니다.

20대부터 저를 위로해주었던 목소리와 연주가 좋습니다.
함께 나이 들고 있어 콘서트장에 가서 마음껏 뛰어도 덜 창피한 것마저 좋습니다.

특히 이 노래의 가사를 여러분과 나누고 싶습니다.

'지금이 아닌 언젠가 여기가 아닌 어딘가
나를 받아줄 그곳이 있을까
가난한 나의 영혼을 숨기려 하지 않아도
나를 안아줄 사람이 있을까

(…) 이 가슴속의 폭풍은 언제 멎으려나
바람 부는 세상에 나 홀로 서 있네
지금이 아닌 언젠가 여기가 아닌 어딘가
나를 받아줄 그곳이 있을까'

최고의 위로는 좋은 관계에서 옵니다.
있는 그대로를 보여줘도 기꺼이 안아줄 사람, 마음을 알아주
는 사람과 함께하시길.

한 사람만 있으면 돼요.
당신으로 충분해요.

픽스 유
내 마음 아는 한 사람

초판 1쇄 인쇄 2017년 9월 11일 초판 1쇄 발행 2017년 9월 18일
지은이 정현주 윤대현 펴낸이 정상우 편집주간 정상준
편집 이경준 김민채 황유정 디자인 공미경 관리 김정숙

펴낸곳 오픈하우스 출판등록 2007년 11월 29일(제13-237호)
주소 서울시 마포구 동교로13길 34(04003) 전화번호 02-333-3705
팩스 02-333-3745 openhousebooks.com facebook.com/openhouse.kr
ISBN 979-11-88285-11-2 02810

* 잘못된 책은 구입처에서 바꾸어 드립니다.
* 값은 뒤표지에 있습니다.

이 책은 저작권법에 따라 보호받는 저작물이므로 무단 전재와
무단 복제를 금지하며, 이 책 내용의 전부 또는 일부를 사용하려면 반드시
(주)오픈하우스포퍼블리셔스의 서면 동의를 받아야 합니다.

이 도서의 국립중앙도서관 출판예정도서목록(CIP)은
서지정보유통지원시스템 홈페이지(http://seoji.nl.go.kr)와
국가자료공동목록시스템(http://www.nl.go.kr/kolisnet)에서
이용하실 수 있습니다. (CIP제어번호: CIP2017021681)